本书为2013年国家社科基金项目"蒙□□□□□□□□学比较研究"(13BZW164)阶段性成果

求同存异与文化自觉

——比较文学视野下的中俄文学关系

姚雅锐　编著

内 蒙 古 出 版 集 团

内蒙古科学技术出版社

图书在版编目(CIP)数据

求同存异与文化自觉：比较文学视野下的中俄文学关系 / 姚雅锐编著. —赤峰： 内蒙古科学技术出版社，2014.12（2020.2重印）

ISBN 978-7-5380-2504-0

Ⅰ. ①求… Ⅱ. ①姚… Ⅲ. ①比较文学—文学研究—中国、俄罗斯 Ⅳ. ①I206②I512.06

中国版本书馆CIP数据核字（2014）第306896号

出版发行：内蒙古出版集团　内蒙古科学技术出版社
地　　址：赤峰市红山区哈达街南一段4号
邮　　编：024000
邮购电话：（0476）5888903
网　　址：www.nm-kj.cn
责任编辑：张文娟
封面设计：永　胜
印　　刷：天津兴湘印务有限公司
字　　数：156千
开　　本：880×1230　1/32
印　　张：6.375
版　　次：2014年12月第1版
印　　次：2020年2月第2次印刷
定　　价：48.00元

序 言

　　比较文学是将触角伸向国际学术研究的前沿阵地，尊重不同文化之间的差异，强调在"和而不同"的基础上，进行双向阐释，以达到互补、互惠、互证的新人文主义目标，实践东西方文化关系的平等对话。

　　比较文学在中国的兴起并不晚，但直到今天，切实进行研究的人并不多。姚雅锐的《求同存异与文化自觉——比较文学视野下的中俄文学关系》，我个人觉得是一本进行文学比较的著作，特别是中俄文学关系之生态文学，开创了中俄生态文学比较研究的先河，很实在地把两个国家的生态文学做了一番寻根究底的、全面而系统的研究。本书从比较文学理论及其研究方法入手，对20世纪的中俄文学关系及中俄文学关系之生态文学做了概述，首先从理论上阐述了比较文学发展的意义及必然性，接着对俄苏文学译介历史进行了溯流考源，对俄国汉学文学研究的发展阶段与历史特点、"五四"前后时期的俄国文学热和俄苏马列文艺理论的译介、鲁迅与俄国文化、俄国文学的比较及研究、新时期以来的中俄文学关系进行了较为细致的解读，对俄罗斯生态文学产生的渊源与背景、人与自然——这一俄罗斯文学的永远母题给予了理论考辨，对20世纪俄罗斯主要生态作品在中国的译介、评论及中国文坛对俄罗斯生态文学的反思进行了哲理性的思考。经过该作者梳理，中俄文学关系在我们面前以一种十分清新的状态呈现。这种互镶与互蕴是中俄两种不同文化背景的民族，通过一定的关系建立的纽带，与其说是文化，还不如说是时代和社会进程, 是时空维度的变迁。这种关系之深厚, 对中国人来说, 从19世纪末起几乎影响了整个中华民族的前途、命运。中国文学在逐步汇入世界文学大潮的过程中, 俄苏文学的影响是众所周知的。

满都麦

2014年7月26日于呼和浩特市

目　录

上　篇　解读比较文学

中　篇　比较文学视野下的中俄文学关系

上篇　解读比较文学

第一章　比较文学的形成、含义及研究价值

第一节　比较文学形成的背景及原因

比较文学（Comparative　Literature）一词最早出现于法国学者诺埃尔和拉普拉斯合编的《比较文学教程》（1816）："Comparative literature（sometimes abbreviated: 'Comp.lit.' or referred to as Globalor World Literature）is an academic field dealing with the literature of two or more different linguistic,cultural or nation groups.While most frequently practiced with works of different　languages,comparative literature may also be performed on works of the same languageif the works originate from different nations or cultures among which that language is spoken.Also included in the range of inquiry are comparisons of different types of art; for example,a relationship of film to literature. Additionally,the　characteristically　intercultural　and　transnational field of comparative literature concerns itself with the relation between literature,broadly defined,and other spheres of human activity,including history,politics,philosophy,and science."

　　比较文学是对两种或两种以上民族文学之间相互作用的过程，以及文学与其他艺术门类和其他意识形态的相互关系的比较研究的文艺学分支。它包括接受研究、影响研究、平行研究和跨学科研究。作为一门学科，它兴起于19世纪末和20世纪初。在西方文学研究中，比较文学研究一直是颇有争议的一个热门领域。近两个世纪以来，比较文学的意识形态动机及它所完成的方式经历了几次变革，一系列相关问题的研究也随即兴起，都尝试找到一些关于当今时代受到多元文化渗透的比较文学的有意义的答案。"重新定义"或"重塑专业"实际上对比较文学具有重大的教育意义。本篇将全面且具体地阐述比较文学作为一门独立学科的历史演变过程，并将文学理论和形式地位做出明确的对比。主要目的是试图通过诠释这个词的意义，以及从教育的角度出发，让读者对该主题有系统、科学的认识。

　　比较文学是一门比较深奥的学科，在本质上是一个很难界定的学术界专用语。它的萌芽期始于19世纪上半期，七八十年代才正式诞生。第二次世界大战之前，比较文学的范围还仅仅局限于欧洲。从第二次世界大战之后，该范围从根本上发生了重大变化，它引起了全世界人民广泛的重视，并借此机会得到迅速发展。正如美国学者布洛克所言："很可能战后没有别的与人文科学有关的学科曾得到同样的发展。"任何一门学科，它的产生和发展都由必然因素促成。因为每一门学科都是人类经过不断地实践才总结出来的经验，是客观世界的事物在人脑中的反映。随着时间的推移、社会的进步、人们的生活水平提高，意识形态也随之发展变化。推陈出新，革故鼎新的认识观念潜移默化地影响着人们，人们开始接受新东西，抛弃旧东西。比较文学得以产生和快速发展就得益于人们对文学的创作与评论。

基于人类相互之间都有共同的意识、境遇、感觉和追求,我们认为一切文学的创作和经验都是统一的。就像生老病死是人之常情,是每一个人都无法避免的,文学作品的内容具有相同的道理,在其产生的作用上也有许多共同点。艾布拉姆斯经过分析《镜与灯》得出结论:"每一件艺术品总要涉及几个要素,几乎所有力求周密的理论总会在大体上对这四个要素加以区辨,使人一目了然。第一个要素是艺术产品本身。由于作品是人为的产品,所以第二个共同要素便是艺术家。第三,一般认为作品总得有一个直接或间接地导源于现实事物的主题——总会涉及、表现、反映某种客观状态或者与此有关的东西。这第三个要素便可以认为是由人物和行动、思想和情感、物质和事件或者超越感觉的本质所构成,常常用'世界'这个通用词来表示,我们却不妨换用一个含义更广的中性词——地球。第四个要素是读者,即听众、观众、欣赏者。"任何文学作品的功用之处都不能超出以上四种模式。即便是中国的文艺理论体系,也遵循其中同样的道理。既然一切文学创作和经验都是统一的,因而也就可以不受语言、伦理、政治因素的影响,进行世界性的文学比较研究。

第二节　比较文学的含义

一、关于"比较文学"定义的纷争

什么是比较文学?自从它诞生以来,学者们做过多次定义,但至今没有一个大家公认的定义。之所以会呈现出如此的态势有以下几方面的原因。

第一,我们要知道定义一门学科是为了反映它在社会进步中的发展情况,而比较文学并不完整,它还只是一门处在发展阶段的学科,我们的研究者正在不断地完善它的理论体系、扩展它的研究对象和范畴。就因为如此,当人们为它下了一个定义之后,该定义在发展中往往会与之前的定义产生分歧,超出定义所规定的范围,甚至否定之前所下的定义。因此,部分学者认为比较文学还没有到达成熟阶段,还不能明确地给比较文学这门学科下定义。

第二,比较文学具有非常广泛的研究范围,它的研究范围包括文学史的研究、文学思潮的研究、作家的研究、作品的研究、文学及其他学科的研究等等,而就比较文学研究者而言,他们的思想观念、研究方法和研究对象各不相同。他们的出发点不同,对比较文学的看法也就不同。从20世纪开始至今,文学研究者们就这一问题各执己见并激发了热烈的争论。有些学者强调比较研究无事实联系的文学现象;有些学者则强调以事实联系作为研究对象,侧重研究民族文学之间的相互影响;有些学者主张扩大文学与其他学科的比较研究范围等。

第三,研究者对"比较文学"的理解不同,造成了他们对这门学科具有不同的认识。在西方文学中"文学"一词具有较为广泛的意义,它既指一般的文学作品,也包括文学史、文学批评和文学理论。因此,在"比较文学"中,"文学"一词的含义实际上就是文学研究的意思。但是,在我们中国文学中的"文学"是文学作品的专有名词。而"比较",由于它在不同的语种中有不同的语法形态,所以就产生了不同的理解。所以在我们汉语中"比较文学"就不是文学研究这么简单的含义了。因此在不同国别不同语言文化的大背景下,我们很难对比较文学作出明确且统一的定义。正如法国学者基亚所说:"比较文学并非比较。比较文学实际只是一种被误称了的科学方法。"由此看来"比较文学"这个名称本身就是不恰当的。但是,虽然名称不恰当,但是经过这么多年发展变化,已早已成为了一种人们相对认可的说法。因此,最好的解决办法是继续使用该名词并对其加以注解和完善。

对比较文学的定义,各种教科书众说纷纭、莫衷一是。法国著名的历史学家和文学批评家维尔曼（1790—1870年）于1827年在巴黎大学开设了"18世纪法国作家对外国文学和欧洲思想的影响"的讲座，并于两年后将讲稿整理，以《18世纪法国文学综览》的书名出版。在讲课和著述中，维尔曼多次使用"比较文学"、"比较历史"等词语，并从理论和实践上为比较文学提供了范例。1838年，他在出版其讲稿的第三卷序言中正式使用了"比较文学"这个专门术语，后人因此尊他为"比较文学之父"。美国学者对法国学者的定义提出批评，亨利·雷马克在他的《比较文学的定义与功能》一文中指出：超出国范围之外的比较文学的文学研究与其他知识和信仰领域有着千丝万缕的关系，其研究范围包括历史、社会、自然、艺术、哲学、宗教等等。简单地说，比较文学就是专指跨越国界和语言界限的文学比较研究，即用比较的方法来研究民族与民族、国家与国家之间文学与文学或者文学与其他的艺术形式、意识形态的关系的新型边缘学科。从世界文学的角度着眼，充分揭示各个国家、各个地区、各个民族文学的发生、发展的过程，探索文学发展的内在规律乃至人类文化发展的基本规律是比较文学的任务。比较文学作为一种文学研究，包括文学史、文学批评与文学理论。这三者是缺一不可、相互依存。举例来说，杨乃乔的《比较文学概论》，陈惇、孙景尧、谢天振三人主编的《比较文学》，以及曹顺庆主编的《比较文学论》等有关研究学者，都立足于国与国之间的关系给比较文学下了定义：比较文学是跨民族、跨语言、跨文化与跨学科为比较视阈而展开的用世界性眼光和胸怀来从事不同国家、不同文明和不同学科之间的跨越式文学比较研究。它主要研究各种跨越中文学的同源性、类同性、异质性和互补性，以影响研究、平行研究、跨学科研究和跨文明研究为基本方法论，其目的在于以世界性眼光来总结文学规律和文学特性，加强世界文学的相互了解与整合，推动世界文学的发展。

　　对比较文学的定义不仅中国学者各执己见，外国学者也争论不休。

　　19世纪70年代后期，比较文学在欧美各国有了很大发展，其中心在法国。1931年法国保罗·梵·第根的著作《比较文学论》，第一次全面总结了近百年来比较文学发展的理论和历史，主张把文学研究划分为国别文学、比较文学、总体文学三大范畴。第二次世界大战以后，美国成为比较文学研究的中心。1952年《比较文学与总体文学年鉴》在美国创刊，按年总结比较文学发展的成绩与问题。到了20世纪末，英国女学者波斯奈特博士，在她《比较文学批评导论》一书的开头也说："对什么是比较文学的简明回答是，比较文学是关于跨越两个以上文化的文本的跨学科研究，也是对跨越了时空的两个以上文学相关模式的关系研究。"

　　二、对"比较文学"含义的理解

　　"比较文学"发展的第一阶段是法国学派，比较文学术语的最早使用是在1816年，法国人诺埃尔与人合作出版了《比较文学教程》，比较文学直到19世纪末才由学术用语升格为学科专名，从而为比较文学的研究发展奠定了自己坚实的学科基础。然而，比较文学的成长之路并不是一帆风顺的，从诞生以来，它就一直备受各界指责。著名意大利美学家克罗齐概括地说："比较方法相对于所有研究领域来说是普遍的。"因而认为比较文学只不过是研究文学的一种方法，对研究领域界限的划定毫无帮助。与此同时，法国比较文学的研究者们也对其进行了反思，得出结论：放弃比较，比较文学并不是比较，比较只不过是一门名称有误的学科所运用的方法。

　　建构学科理论的新基石是关系，即不同国别文学之间的历史渊源及发展事实。在这个新的学科基石基础上，他们满腔热血声明了比较文学的目的主要是研究不同文学间的相互联系，联系是客观存在的，不注重联系的比较是对客观事实的忽视，是不可取的。比较文学的研究对象是各国文学作品之间的关联，比较文学的领域止于不存在联系的地方。在此之后，苦心建构文学性基石的美国学派也惨遭失败，他们再一次踏上了寻找比较文学新的学科基石的征途，因此20世纪80年代中期以后，一些学者将文化当成了建构学科的新基石，他们认为，文学只是文化系统的子系统，一旦脱离了民族文化和文化身份这些关键问题，比较文学就会迷失方向。这促进了比较文学的文化转型，以至于文学研究被文化研究所淹，没在第14届国际比较文学学会年会上给人留下最深的总体印象。所谓"文学研究被文化研究所淹没"意思就是，比较文学进入一个比较宽泛的文学领域中，受到各种文化的影响与冲击使得比较文学一时之间无暇应对，所以逐渐地在纷杂的国际文化人背景中迷失了自己方向，找不到前进的动力。而另一些学者则与大流背道而驰，他们将差异性视为比较文学的新基石。这些学者用以支持自己观点正确性的理由有下列几点：首先，文学之间本身就没有共性而是个性的体现，不存在某些内在固有的文学性。所谓文学性，只是文学研究的理论家们对文学整体性能的虚构而不是存在的事实。其次，理论家所虚构的文学同一性其实是指"本质中心主义"或"逻各斯中心主义"，而真正可能将我们学科逼上绝路的，恰好是被大多数比较学者所忽略的这种本质主义的"逻各斯中心主义"及其表现形式。最后，这种"本质中心"或者"逻各斯中心"已成成西方后现代攻击的对象。当今世界经济政治一体化已成社会发展的必然趋势。伴随着后现代主义产生的影响，后现代状况遍及全球，尤其是，以营造"总体性"为目标的传统比较文学解构主义消解中心思潮日益暴露出自身的空洞性的弱点，以及该学说的合法性受到各方严重的质疑。因此，这个问题应该得到相对重视。要想从根本上挽救比较文学，我们就应该转变思维方式，分清主流与支流，将研究重心放在发掘文学的差异性上，而不是一味地探求文学的统一性。

首先，认识比较文学的第一步即了解"比较"的含义，"比较"一直就是文学研究中最普通与最常用的方法之一。但是，比较既不是比较文学才特有，也不是比较文学所专用的。因此，我们并不能把所有的用比较的方法来进行文学研究的东西，都称之为比较文学。那么我们如何判断一件文学作品是否属于比较文学呢？不光要看其是否运用比较的方法，更重要的还是应当看其研究的文学现象，看其研究范围是否跨越了国界、族界或学科界限。只有这样才能准确地判断出该文学作品是否属于比较文学的范畴。比较文学中最重要的成分是比较原因和比较对象，比较文学的重要原则是和而不同，就是在不同中找相同，在相同中找不同，既要做到和谐统一又要做到和而不同。比较文学的核心精神是不断追求新的和谐的精神，不断创新，不断发展。也因比较文学超越了国界、族界与学科界限，所以它在研究的全过程中也就更为自觉，并具世界文学视野。

其次，在理论和方法上，比较文学具有比较的自觉意识和兼容并包的特色。它具有冲破一切传统，敢于追求创新的精神，在世界多元文化语境中能够正确地认识自己，找到自己的位置。比较文学不仅涉及中外问题，还涉及文史哲兼通的问题。在我们对作品阅读和分析时，我们要具有宏观的视野并从国际角度出发，不断尝试从不同的角度理解作品，而不是一味地阅读。只有认真思考才能有新的发现、新的启发，只有通过对别人经验的总结与借鉴我们才能够得到更好的发展。希腊学习埃及，罗马借鉴希腊，阿拉伯又参照罗马帝国，中世纪的欧洲又模仿阿拉伯，而文艺复兴时期的欧洲则仿效拜占庭帝国，一传十十传百，世界文学正是在这样漫长交流和借鉴的过程中，才一步步建立和发展起来。比较文学研究发现存在差异性的文化之间固有的联系，以寻找规律性的现象。我们应该用世界眼光来看待比较文学，真正的比较文学的世界眼光应该建立在对两部作品的不同具有比较深入的了解，但也绝不等于简单地将不同国别的两部作品机械性地叠加起来。实际上比较文学具有互补功能，比较文学研究工作者在研究学习中深入了解历史义化背景后从他种文学的比照中进一步了解自己的特色，在这个过程中，他们还会相互借鉴、取其精华去其糟粕、推陈出新，谋求新的发展。两者之间经过相互借鉴必然会发生一定的关系，这种关系有时是明显的对比，有时是潜在的参照关系。此外，互补不是指把双方同化变为一样，而是指相互吸收，取长补短。"互补"还包括一种文化在进入另一种文化之后得到了新发展。自全球化时代提出文化多元化问题以来，如何推进不同文化间的相互交流与融合成为学术界十分关注的热点问题。人们开始转换思维方式，开始注意到如何站在对方的立场来重新认识自己，互为主观，互为语境，互相参照，互相照亮。总而言之就是换个角度看问题，既考虑到自身的利益也不伤害其他人的利益，从中得到共同发展。

对于比较文学的含义，不同国家的学者在自身文化背景的熏陶下分别提出了不同的看法，下面谈谈笔者的看法。

首先，比较文学的特征是具有开放性，即比较文学不受时间、空间、作家、作品本身地位高低及价值大小的限制。在空间上，不受国界和族界的限制，与其他文学研究相比较，具有更广阔的研究领域。即各国之间都可以相互比较，不存在国别的限制，甚至语言的限制。在时间上，具有更大跨度，可以将不同时代的、不同世纪的作品进行比较。除此之外，比较文学不仅可以将各国文学大师、各国文学中的经典作家作品作比较，还可以将一些不同的文学作品作比较。它既可以是鲁迅和迦尔洵这样一流作家之间的比较，也可以是艾特玛托夫这样的一流作家和郭雪波这样的二流作家之间的比较；它既可以是鲁迅的《狂人日记》和塞万提斯的《堂吉诃德》这样的经典作品之间的比较，又可以是鲁迅的《祝福》与契诃夫的《苦恼》这样不太重要的作品之间的比较。也就是说，不论作家、作品在文学史上的地位如何，我们都可以将其放在一起进行比较，只要这种比较能够得出有意义的结论,它就是有价值的。

其次,比较文学是超越国与国之间、族与族之间的文化研究,也可以说它是一国文学和多国文学的比较研究。但不是我们把所有作家或作品之间异同之处拿出来进行一番比较都可称之为比较文学。例如,华兹华斯与陶渊明、阿斯塔菲耶夫与满都麦、普里什文与孙犁、艾特玛托夫与张承志之间的比较等等。比较文学的概念我们在一开始就讲得很清楚了:比较文学是对两种或两种以上民族文学之间互蕴互镶的过程。欧洲传统的文学史研究错误地将比较文学的研究范围局限在一国之内,严重地限制了文学史家对作家、作品的理解和评价。直到19世纪以后,在浪漫主义思潮的冲击下,他们开始认识到任何文学作品都不是孤立的,要想全面评价作家及其作品,就必须了解作家的历史背景和所处的时代环境,从而了解他的生活环境及接受的教育、所受的影响,最重要的是他的作品对当代和后世所产生的影响。而这种影响,在世界逐渐融为一体的趋势下又往往不限于一国,而是国际性的。在此基础上,文学史家开始超越国家界限去对文学世界化这个课题进行多方面的探索,并有了新的探索、新的发现。正如韦勒克所说:"比较文学已成为专指超越某一种民族文学界限的文学研究的特定术语。"

最后,比较文学作为一门独立的学科,就意味着它不单纯是一种研究方法,而部分学者却认为,比较文学仅仅是一种研究方法,而不是一个独立的学科。这也不是全无道理,比较作为一种研究方法,并非比较文学所专用,它在各种研究中都可以使用。比较作为人类本能认识事物的一种方法,更是得到了广泛的运用。但不能以这一方面就否定比较文学存在的必要。任何事物都具有两面性,我们应该从两个方面认识这个问题:一方面,我们不能把比较文学的这一比较方法确定为一个独特的研究方法;另一方面,我们还必须从大众的文学研究方式中找出比较文学具有的独特亮点。再者说比较文学中的"比较",并不是一般方法论意义上的比较,它具有自己的独特性,它是一种观念,一种强烈的自觉意识,一种研究工作中的基本立场;它是指超越各种界限,在不同的参照系中考察文学现象,所以这种比较必须与跨民族界限、跨语言界限、跨学科界限等含义连在一起,离开了这些意义上的比较,就不再是比较文学的"比较"了。另外,即使是对于比较方法的运用,与其他学科也不一样。如果说在其他学科中,比较方法是可用的研究方法之一,或者是研究工作的某一阶段才使用的方法之一,那么对于比较文学来讲,它是非常重要及具有关键作用的不可或缺的部分。

第三节 比较文学的研究价值

比较文学相比较传统的文学研究具有许多新特征,即从新的角度,用新的方法,在宏观上考察文学,并扩大了文学的研究范围。它是以不同参照系作对比进行文学研究的,这就为文学研究提供了更多新的机遇,使我们认识到了从未遇见过的新问题,通过解决问题填补了各国文学间的空隙,再通过对各国文学进行比较,将世界文学融合为一个整体,从而加深了人文对文学现象的认识和理解。它反映了人类对于世界性文学交流的自觉和反思,对文学研究作出了重大贡献,是传统文学所不能取代的。具体而言,比较文学具有以下几大价值。

首先,比较文学的诞生,改变了过去单一的思维方式,扩大了文学的研究领域,开创了用两种或多种文化体系角度观察文学现象的先河,通过实践经验与理论知识的结合,总结出文学规律的新角度,从而深化了人们对文学现象的认识,推动了文学研究的全面发展。奥尔德里奇指出:"比较文学并不是把民族文学拿来一国对一国地进行比较,而是在研究某一民族文学时,比较文学提供了扩大研究者视野的方法——使他能够超越狭隘的国家界限,去考察不同民族文化中的潮流与运动,认识文学与人类活动其他领域之间的种种关系。"显而易见,比较文学将原本分离的世界联系在一起,把加入这个大家庭的各国文学加以比较和认识,在比较中揭示文学的本质和规律。这种质的飞跃,突破了民族文学的狭隘范围,使我们能够站在更高的地方俯视整个文学发展的全过程,开拓了我们文学研究的新视野。

其次,比较文学像国际桥梁沟通了他国文化和文学,促进了各国间的文化交流。比较文学是在各国民族文学相互交流的基础上发展起来的,学习和借鉴外国的优秀文学是发展本国文学不可缺少的条件。它的目的就是通过比较从相互影响和相互联系中来揭示各国文学的异同,探索各国文学独立发展的道路和相互影响的规律,为本国文学的发展提供横向借鉴。这种比较研究促进了各国间的文化交流,并积极地推动各国之间相互交流与学习。主要的目的就是给我们的借鉴活动找出一些可遵循的规律,有比较才有鉴别。通过不同文学的比较,可以从理论上提高我们对外国文学的认识:不同文学之间相通之处何在?不同之处又何在?产生这些异质文化的原因是什么?从技巧到内容,都可以进行对比,从对比中吸取对我们有用的东西,从而丰富和发展我们的社会主义新文学。由此看来,文化交流与融合是国际间文化发展的大方向。

最后,比较文学能够使我们更加深刻地了解文学发展过程的本质及其特点,从而能进一步深化和丰富我们对作品、作者、文学集团、文学体裁和文学流派的认识。钱钟书在谈到比较文学的目的时说得好:"比较文学的最终目的在于帮助我们认识总体文学乃至人类文化的基本规律……"钱钟书老先生告诉我们:比较文学不是简单的对比和对事实的陈述,更不是单纯的寻觅同异,而是探索文学规律的一个途径。它开辟了文学研究的新途径,开拓了文学研究的新领，提高了我们的认知能力，同时有益于我们用科学的眼光来看待文学现象，探索出其中所蕴涵的规律，从这个意义上讲，它具有的功能和效果是文学研究的其他途径所不能代替的。

第四节　比较文学在国内外发展概况

一、国外的发展

比较文学这门学科于19世纪末到20世纪初兴起。20世纪初比较文学的独立地位才得以初步确立。1877年匈牙利的梅茨尔出版了《比较文学杂志》，1886年英国波斯奈特出版了专著《比较文学》。是比较文学发展史上第一本比较系统的理论著作。1870年俄罗斯学者维谢洛夫斯基在彼得堡大学、1872年勃兰兑斯在哥本哈根大学、1866年柯赫在布雷斯劳大学、1896年戴克斯特在里昂大学纷纷开设了比较文学课。1899年，第一个比较文学系在哥伦比亚大学创立了。1904年哈佛大学设立了比较文学系。1900年夏，来自英国、希腊、意大利、美国、瑞典、荷兰、卢森堡、瑞士的学者们齐集巴黎，举行国际性的讨论会，并把"各国文学的比较历史"列入议题，就在当年，贝茨还编订了《比较文学书目》。

二、国内的创建

比较文学在中国的建立晚于西方。在中国，鲁迅、茅盾、郭沫若等曾广泛比较研究过各国文学的发展，如鲁迅的《摩罗诗力说》、茅盾的《俄国近代文学杂谈》等。20世纪30年代中国开始引入外国比较文学的历史和理论。陈铨的《中德文化研究》、钱钟书的《谈艺录》、朱光潜的《诗论》等，在某个方面对中国比较文学的发展作出了奉献。20世纪70年代以来，比较文学在中国取得了前所未有的新发展，成绩斐然。中国学派强调跨文化研究，大约可以概括或总结出这样一些方法论："阐发研究"、"异同比较法"、"文化模子寻根法"

与"对话研究"与"整合与建构研究"。后来中国也出现了许多著名文学家加入比较文学研究的热潮，并取得了相当可观的成绩。朱光潜的《悲剧心理学》、宗白华的《美学散步》、金克木的《比较文化论集》等。不同学者以其不同的阅历、不同的思维方式，对比较文学的研究方向也略有不同。其中部分学者研究比较文学的基本概念和理论方法，部分学者讨论比较文学的各研究领域，还有学者是比较东西方文化。我国从20世纪80年代起还建立了一批比较文学的学术团体和教育机构，例如，厦门大学、清华大学、兰州大学、北京大学等许多知名大学都开设了比较文学的课程，还经常和国外进行交流合作。

第二章　回望比较文学的发展历程

第一节　中国比较文学的发展历程回顾

在中国，中西文学比较具有悠久的历史。早在清末，梁启超在《饮冰室诗话》中就把黄遵宪的长篇诗歌比西方史诗；王钟棋认《水浒传》为"社会主义小说"、"虚无党小说"，说它可以与托尔斯泰、狄更斯比美；苏曼殊以李白、李贺比拜伦、雪莱。虽然他们做的还只是肤浅的比附，但也足以说明在我国民族觉醒的胎动期，中西文学比较就已有了粗陋的开端。

我国正式的比较文学论文约于20世纪30年代初期出现，范存忠、陈受颐等人开始研究中国古典文学对西欧的影响。之后，在朱光潜《论诗》、钱钟书《谈艺录》、朱自清《新诗杂话》、李广田《诗的艺术》及李健吾的若干论集中都出现了有真知灼见的中西文学对比研究，而戴望舒等人则开始译介西方比较文学理论著作。20世纪50年代开始出现了戈宝权研究中俄文学影响史的许多论文。但是，无论哪个时期，都不能比20世纪70年代末80年代初比较文学收获之面广、量大，1979年我国接连出版了一些新中国成立后比较文学内容最集中的文集，尤其是钱钟书先生《管锥编》的问世，被海内外学者认为是中西比较文学史上的大事。

1840年以后，中华民族处于生死存亡的危急关头，一些有识之士在努力探寻拯救中国的出路。洋务运动、戊戌变法及孙中山领导的资产阶级民主革命都是为变革中国现状奋斗的。在政治变革中，人们的思想观念发生了根本性改变。于是在思想文化领域大量译介西方著述，西学译介出现了繁荣的局面。

梁启超是我国最早鼓励写小说的人，有论著《论小说与群治之关系》。梁启超由于受到英国和日本政治小说理论的影响，所以强调小说的社会教化作用。在梁启超的影响下，晚清一些文人引进、翻译外国小说，并进行中西文学之间的比较，但比较层面较浅薄。

王国维是中国近代史上的著名学者，他强调中西方不同的思维方式，在西方文化的冲击下，王国维尝试了用西方文学理论来批评中国文学。王国维把《红楼梦》与歌德的《浮士德》作比较，足于叔本华哲学，以叔氏的美学理论来衡量《红楼梦》，因而在中国现代文学批评概念的建立和对旧红学烦琐考证风气的批评等方面有着不可磨灭的贡献。

林纾作为中国近代文学知名翻译家，对中国初期中西文学比较研究作出了特殊的贡献。林纾在翻译外国文学作品的同时，写了许多有比较文学色彩的序和跋。在《块肉余生述》的序言中，他将该书和《水浒传》的结构及叙事手法作比较。林纾更注意到狄更斯小说和清末"谴责小说"在揭露和批判社会罪恶方面的相同之处。他认为，狄更斯小说"扫荡名士美人之局，专为下等社会写照"。林译小说的序和跋，可以称之为近代中国最早的比较文学的札记。

鲁迅（中篇第四章专门介绍）亦是中国比较文学研究的重要奠基人。他的《摩罗诗力说》是中国比较文学史上的重要文章。他不仅对欧洲各国浪漫主义"摩罗派"诗人进行了深入的了解，而且对之进行了不同程度的比较研究，指出摩罗诗人因民族、环境相异而导致性格、言行、思想不同，鲁迅还将摩罗诗派与中国诗人进行了比较，他一方面肯定了屈原能"放言无惮，为前人所不敢言"的精神，另一方面指出了他的作品中"多芳菲凄恻之言，而反抗挑战，则终其而未能见"。由此可见，鲁迅对比较研究已有深刻的认识，其进行文学比较的目的，就是为了呼唤反封建的出现，利用新思想拯救旧中国。

20世纪20年代，比较文学在中国的兴起，使一些人组织了文学社团、创办了文学期刊，积极展开比较文学的研究，还出版了一些比较文学的论著，如章锡琛翻译了日本学者本间久雄的《新文学概论》、何基出版了《中西文艺复兴之异同》、冰心出版了《中西戏剧比较》等等。

20世纪30～40年代，比较文学在中国得到了较大的发展。1931年出版了由傅东华翻译的法国比较文学家洛里哀的《比较文学史》。1937年出版了由戴望舒翻译的法国学派宗师梵·第根的《比较文学论》。中国学者在翻译各国比较文学相关著作的同时，还将比较文学的研究拿到课堂上。吴宓在清华大学开设"中西诗之比较"、"古希腊罗马文学"。英国剑桥大学英国文学系主任瑞恰慈也在清华开设了"比较文学"和"文学批评"两门课程。当时许多研究者都十分重视中外文学关系影响方面的研究，于是出现了不少探讨文学渊源、文学影响的专著和论文。而关于这时期的俄苏文学对20世纪初中国文学的影响，汪介之的新作《回望与沉思：俄苏文论在20世纪中国文坛》(北京大学出版社2005年)，将原先处于隐形"背景"中的中国文坛郑重地搬到了"前台"，从正面对俄苏文论对中国文坛的影响进行了全面清理，为我们提供了一幅关于中俄(苏)文学关系的"镜中"与"镜外"的全景图像，同时也把一段漫长而复杂、熟悉又陌生、令人感慨的文学史与文化史十分清晰地展现在我们面前。可以说，20世纪中国文学的全部进程，都伴随着俄苏文论的影响，除了具体的作家、批评家个人所受到的影响外，中国20世纪文学的基本格调、创作理论、实践、状态、运作形式与发展走向等，都与俄苏文论有着一种千丝万缕、几乎"剪不断，理还乱"的复杂关联。有很大一部分是经由俄苏文论的理论批评及文艺思想、文艺政策在中国的传播、被吸纳和仿照而得到实现的，其中，以别林斯基、车尔尼雪夫斯基与杜勃罗留波夫为代表的19世纪俄国文论，以俄苏为中介、经由俄苏学者解释的马克思主义文论，以及苏联时期文论（毋宁说是种种文艺政策），都给中国文学与文学批评打上了深深的烙印。20世纪俄苏文论的整体面貌其实是考察中国文坛对俄苏文论的接受史的一个基本参照。关于俄苏文论对中国的译介与影响在中篇中叙述。

综上所述，中国比较文学在"五四"前后到20世纪30年代，取得了较高的成就。抗日战争爆发后，许多学术工作被迫停止。新中国成立之后，从20世纪50年代到60年代初，虽有一些零散文章谈到中外文学关系，但大都仅涉及中俄（苏）文学，且较少深刻之论。从20世纪60年代到80年代，由于闭关锁国和文学理论上的偏激，比较研究的文章就更少了。直到1978年之后，比较文学的研究才出现了复兴之势。

第二节　回首国外比较文学的发展

国外的比较文学史前史源于古罗马时代。文艺理论家贺拉斯曾在《诗艺》中将希腊文学和罗马文学进行比较，呼吁罗马作家要模仿古希腊人，之后在许多罗马作家当中掀起了一股模仿希腊作家的热潮。罗马著名诗人维吉尔的代表作《埃涅阿斯记》就模仿了希腊人荷马的《荷马史诗》。罗马作家塔西陀在他的《演说家的对语》中把希腊和罗马的演说家们作了平行对照，略早于他的昆提利安在他的《演说术原理》中对希腊和罗马文学作了概述，上述都是罗马作家借鉴希腊模式的典型例子。在模仿古希腊的热潮中与此相类似的例子数不胜数。

中世纪的欧洲由基督教全面控制，各民族之间信仰、文字皆同，因此各民族交流频繁，但意大利诗人但丁等人仍认为各民族文化有差异,在他的著作《论俗语》里,但丁把古法国文学和普罗旺斯文学加以对照。

人文主义艺术家和思想家们在文艺复兴时期搜集并整理了希腊、罗马的艺术品,在古代文化中发现了同于自己的思想。于是,他们打出"回到古希腊去"的口号,并开始了一场大规模的文艺复兴运动。文艺复兴运动标志着各民族文化的相互借鉴,并对当时的人有所启发。意大利学者斯卡里格在其《诗学》中把荷马和维吉尔、维吉尔与荷马以外的希腊诗人,以及贺拉斯、奥维德与希腊作家作了比较,但此等比较具有强烈的民族主义色彩。

17—18世纪,一方面,文学研究中出现了一种思潮,即大量堆积目录与传记材料。法、德、英诸国的一些文学史内容繁多且比较意图明显,如西班牙人安德列斯用意大利文写的文学汇编《文学的起源、发展和现状》就有七大卷,而且把各国的重要著作分门别类加以编排。另一方面,发展和进步的观念在当时的文学研究中逐渐占据了主导地位,在各国表现明显。最典型的例子是法国的"古今之争",作为批评家兼诗人的复尔·贝格在"古今之争"中对比了希腊作家和当时的法国作家,以此说明后者并不逊色于前者。

18世纪后半期对比较文学的研究进一步加强,最关键的人物是德国的赫尔德。他认为文学史应该是一个整体,应该由不同的民族文学构成,应该能够说明时空差异、作家的风格之异,应该能够反映文学的发展历程。此观念孕育了歌德关于"世界文学"的设想,蕴涵了今天比较文学的萌芽。此后,施莱格尔兄弟和斯达尔夫人发展了赫尔德和歌德的思想,为比较文学的建立奠定了基础。

第三节 国外比较文学的探索

1954年成立了国际比较文学协会,到1985年已召开了11届代表大会。第10届代表大会于1982年在美国纽约大学举行，主题是"文学史的一般问题"。关于比较诗学研究，本次大会在这个议题下专门设立了"东西方诗学体系比较"的讨论会，并讨论了美洲国家间的文学关系。第11届会议1985年在法国巴黎和英国色塞克斯大学举行，本次会议的主议题是"比较文学和世界文学"。1980年在巴黎召开的有9个国家和地区的学者参加的比较文学国际座谈会，议题之一就是中国抗战文学受世界反法西斯文学的影响问题。到1981年，国际比较文学学会已拥有50多个国家和地区的2000多名会员。由此可见，中国比较文学的复兴在世界比较文学发展中已经占有重要位置。

西方许多发达国家的大学都开设了比较文学课，在法国，几乎所有的文科大学都开设了比较文学课。中国受到国际大潮流的影响，也非常关注比较文学的发展，今天，比较文学的发展已经形成了自己的规模。

第三章　比较文学的几种
经典研究方法

比较文学有以下有几种基本类型：影响研究、平行研究、接受研究、跨学科研究，不同类型的研究角度和研究方法又有所不同。

影响研究和平行研究是比较文学最早出现和最基本的类型，构成比较文学的两大支柱。20世纪70年代中国台湾学者提出阐发研究、中国大陆学者提出接受研究，这两种新的类型，虽然不如影响研究和平行研究重要，但仍然有其独到之处，这对于开放性的正在发展的比较文学学科是有益的。

第一节　影响研究法

法国学派所主张的"影响研究"是比较文学这门学科早期的主流模式。既然产生了影响就说明之间有联系。比较文学的影响研究是建立在各国、各民族之间存在文学交流与影响这一事实基础之上的，事实联系是影响研究的前提，即国家民族之间存在过文化交流和作家接受外来干涉文化影响的客观事实。一个作家通过旅游、阅读及与人交谈等各种途径，对某一外国作家或作品有了了解，并受其影响，这两位作家就有了"事实联系"。

在比较文学的领域中，各国比较学者们又是如何来说明"影响"的含义呢？影响研究是比较文学的基本任务之一，它是对各民族文学之间的相互关系进行研究。众所周知，各民族文学之间的相互关系史是客观存在的，这就是说，任何艺术家都面临一个接受他人影响和影响别人的问题。当这种影响发生在不同文化体系之间，就成为比较文学研究的重要部分。

"影响"一词在《简明牛津词典》中解释道："一个人和物对另外一个人和物的作用，这种作用只有在它的效果之中才能被察觉出来。"这就是说，"影响"所强调的是不同人和事之间的相互作用，而这种影响只能从接受影响后的效果中看出。"影响"一词的含义着重在一种作用的外来性和隐含性上。

"真正的影响，是当一国文学中的突变，无以用该国以往的文学传统和各个作家的独创性来加以解释时，在该国文学中所呈现出来的那种情状——究其实质，真正的影响，较之于题材选择而言，更是一种精神存在。而且，这种真正的影响，与其是靠具体的有形之物的借取，不如是凭借某些国家文学精髓的渗透。"

在文学本科的范围内，影响研究可大可小。大而言之，它可以研究一个民族文学或者一种思潮或运动给予另一个民族文学的影响。从比较文学的研究中可以看出，在日本古代小说的发展中，留印着中国文学影响的深刻痕迹；17世纪法国产生的古典主义文学思潮，几乎影响了当时的整个欧洲；18—19世纪流行在欧洲的浪漫主义、批判现实主义、自然主义、唯美主义等思潮，对日本和中国都发生了影响。由此可见，影响研究对各国产生了重大影响。

反之，它可以研究一个民族的作家和作品对另一个民族作家和作品的影响。例如，沈从文是一位开放型的作家，他学习、模仿、借鉴过的外国文学作家作品很多，他对俄苏文学的接受是因为对俄罗斯文化有一种情感上的认同，他是从文化的角度，即人文情怀、精神追求、生存态度、生存方式等的观照中来接受俄罗斯文学的。沈从文承认他的写作态度和方法受到了契诃夫的影响，到了晚年他仍念念不忘契诃夫对他的影响，在回忆自己的创作时，他不时提到契诃夫："大概当时总羡慕契诃夫。"在俄苏文学家中，托尔斯泰、屠格涅夫对巴金影响深远。巴金翻译了大量屠格涅夫的作品，包括《散文诗》、长篇小说《父与子》、中篇小说《蒲宁与巴布林》，还翻译出版了伊·巴甫罗夫斯基的《回忆屠格涅夫》。

一个作家对另一个民族的作家的影响是直接产生的，还是间接产生的，这种影响传播的方式也是影响研究应给予重视的。随着这种影响的不断扩展，它可以通过另一位本国作者还原到原本外国作者的作品中去寻求材料、色彩、意象、效果等使变得更丰富多彩，而第二位本国作者所寻求的印象是第一位本国作者不曾用过的。

对影响研究还可以从以下三个方面来探讨，即影响的产生、接受及途径。

第一，影响的产生。对这一方面的研究我们可以从一国作家的作品对本国文化产生的影响、在国外的受欢迎程度及发展演变着手。例如，我国著名翻译学家、比较文学研究学家鲁迅对《死魂灵》一书在中国的多种译本进行了比较研究。研究比较文学，能让我们了解多种民族的文学，更能解决民族问题。例如，在法国甚至整个欧洲有极大影响力的美国作家爱伦·坡，他的作品最初得到认可并不是在美国。通过研究爱伦·坡，我们了解到他的主张与当时美国盛行的主张并不一致，美国在当时宣扬的是积极向上，是南北战争后人们对建立自己国家的极大的热情，而爱伦·坡擅长描写的是恐怖、阴暗，这是两种完全不同的艺术情景。爱伦·坡之所以在欧洲有如此大的影响主要源于法国象征派诗人波特莱尔对其作品的翻译。波特莱尔像创作自己的作品一样翻译爱伦·坡，他将自己心中的不满、孤独及对新世界的追求都在爱伦·坡的作品及为他写的文章中进行宣泄。

第二，影响的接受者。我们研究作家及其作品时往往会研究其民族渊源。16世纪意大利小说家吉拉尔迪·钦提奥的《寓言百篇》是《奥赛罗》的主要故事来源,与此同时,我们研究古典主义戏剧时也发现许多戏剧作品来自于古希腊、罗马,如《悭吝人》的部分情节取自古罗马作家普劳图斯的《一坛黄金》,弥尔顿的三部作品《复乐园》、《力士参孙》及《失乐园》也是利用《圣经》中的故事来完成的。

第三,影响研究的途径。对外民族的作家、作品的移植、改编和模仿也是我们研究的重点。移植、改编和模仿大大促进了不同民族文学之间的交流。例如,对中国和日本有着浓厚兴趣的美国诗人庞德,他在自己的诗作中夹杂了大量翻译的或根据翻译改写的中国古典诗歌和日本句,庞德的这种移植在我们看来是不可思议而又有趣的,可是由此许多美国读者却在心目中引发了想要了解中国的愿望。改编有各式各样的,有以个人主张改造模仿对象的,也有图利地改变一国作品,以迎合另一个读者的口味的。例如,我国早期上演的《一磅肉》是根据莎士比亚喜剧《威尼斯商人》的译本改编的,《傀儡家庭》则是根据易卜生《玩偶之家》的译本改编的。《灰阑记》的改编者虽然大体保留了原作的情节,但重要人物却被改得面目皆非,如,改编本将一个极平常的财主马员外变成了一个毫无心肝地盘剥老百姓的资本家,而他又受到纯洁善良的张海棠的感化,变成了一个好人;主角包公在原作中只是中国封建社会一个正直、机智的清官,断明了争子争产一案,替张海棠申了冤,但在克拉朋的笔下,包公最后竟然当了皇帝,还是一位风流公子。此外,还有一些细节的改动也是中国戏中不可能出现的,令人捧腹。总的来讲,改编的情况比较复杂,有成功的,也有失败的。尽管如此,它对不同民族、不同文化之间的交流,以及各自的发展还是有很大促进作用的。

模仿在文学创作中主要指的是作家在放弃自己的个人特点的同时尽可能地模仿另一个作家或作品的创作特点。模仿实际是作家本身的一种学习活动。普希金曾表达说模仿可能是一位作家沿着天才的足迹去发现新的世界。

我们应该正确地看待模仿,有人认为模仿就会失去其独特性,对此我们应持否定的态度,因为任何创作都要从传统中取其精华、去其糟粕,不能脱离外界因素的影响。韦勒克曾说过认为打破传统或者从传统的结构情节中获得独创性都是找错地方。韦勒克在反对割裂传统的同时又反对拘泥于传统。比较学者只有在正确把握模仿与借鉴的辩证关系后,才能获得较为客观的、科学的结论。

一个国家中受外来文化影响的有很多,这也构成了文学研究中的重要方面,以前这一方面往往被忽略。文学之间的相互影响就是在这些转移因素研究的基础上得出的。我们对俄罗斯文学对鲁迅小说的影响也是通过翻译那些可以传达的东西得出来的,如鲁迅创造性地将俄国文学中的社会画面及现实主义的创作方法与中国传统相融合。虽然不能将文学史上的杰出的作家和作品归纳到一起,但是真正的影响并不是通过简单的归纳,而是对影响进行不断整理、融合,变成一个真正新的作品。这样的整理吸收对文学作品的创作、研究提供了很大的参考价值。由此我们可以看出,影响研究是比较文学中一个重要的研究方法。

法国学派倡导并不断实践着影响研究,法国学派的影响研究理论主要包括四个学说。

一是影响的原因与结果的关系学说。科学方法的核心是伽利略、笛卡尔及培根所提倡的实验法,该方法特别重视原因与结果的关系,由此科学领域取得了一系列重大成果。原因与结果的关系的假设和证明都存在于新理论建立及新物质发现、新定理提出的过程中。影响研究者将原因与结果的关系看成是比较文学中的一种原则,他们用一部作品的产生及其发展来解释另一作品,因此可以尽可能地进行解释、尽可能地找到其中的原因。它充分强调了原因与结果的关系。科学方法的产生是西方近代科学史上的一个重要的变化。

很显然,法国学派的这种因果关系学说存在很大偏差。社会科学工作者竭力在自己从事的领域里引进此方法,因此在社会科学分支里产生了许多变化。但是文学与自然科学不同,如果单纯地用一种作品去解释另一种作品,单纯地用原因与结果的关系来解释,这种行为及方法是非常滑稽的。这也正是我们所要研究的"影响"。由此可见,不同文学之间的影响完全从科学的原因与结果的关系来解释是不可取的。

二是影响的事实联系学说。影响研究者强调的是不同民族文学、不同民族作家之间的联系,其实质是对他国文学、作家及作品的影响。

法国学派代表人物伽列在为基亚的《比较文学》撰写的序言中提出:"比较文学是文学史上的一支,它研究国际的精神联系,研究拜伦和普希金、歌德和卡莱尔、司各特和维尼之间的事实联系,研究不同文学的作家之间在作品灵感、生活方面的事实联系。"这一段话包含三层含义:一是对文学之间的相互影响的研究和调查是比较文学的事实,二是这种影响必须以事实为依据,三是作品之内和作品之外都包含这种"事实联系"。

我们认为以事实为依据的理论进行影响研究是非常有必要的。影响研究的出发点在于作家及作品之间的相互联系,而这些联系要想有意义必须以事实为依据。如诺亚方舟的故事,《圣经》里讲述上帝为惩罚犯罪的人类,便在大地上制造了一场大洪水,为了不让物种灭绝,他提前告知诺亚,诺亚制造方舟使一家人得以幸免。但是这个故事有没有更早的渊源就不得而知。直到乔治·史密斯在译读《吉尔伽美什》时,发现其中关于洪水的叙述与《圣经》中的记载有惊人的相似处,他据此推断诺亚方舟的故事来源于苏美尔人的神话。史密斯亲自到美索不达米亚考察,最终他从古代遗迹的废墟中找到了一些片段,证实了自己的推断:诺亚方舟的故事来源于苏美尔人的神话。

三是影响的超国界存在学说。这一种学说认为各民族文化之间的相互联系、影响是客观存在的,它是民族文学的重要组成部分。在欧洲,各民族文学的交流和融合始于中世纪。各民族文学的交流比较大型的有四次:第一次是在中世纪。中世纪教会文学、骑士文学和民间文学的共同基础在于基督教信仰与拉丁文的一致。第二次是在文艺复兴时期。人文主义者高举反教会、反封建、要求个性解放的旗帜,倡导古希腊、罗马文明,在文学上表现为要求模仿希腊、罗马诗人。第三次是在18世纪启蒙运动时期。以伏尔泰、孟德斯鸠、卢梭为代表的法国启蒙主义思想家,提出自由、平等、博爱的口号,发展了人文主义思想,崇尚理性。欧洲各国文人非常重视他们的思想,启蒙主义文学思潮在欧洲各国盛行。第四次交流于浪漫主义时期产生。19世纪初期,浪漫主义思潮席卷整个欧洲,作家们彼此访问,同时他们的作品也被翻译成各种文字在各国流传。

四是影响的历史意识学说。认为比较文学属文学史范畴,在研究时应具备历史意识是法国学派代表人物的观点。研究作家的作品时,将其放到一定的历史背景下是必要的。文学作品不仅是当时社会的反映,同时也是时代的产物。纵向观察,文学作品必须传承。这种传承也是文学之间的相互影响,研究该影响时历史意识也是必须具备的。

从世界来看,同样的交流和影响也很多,闻一多先生认为"中国、印度、以色列、希腊四个文化,在悠久的年代里,起先是沿着各自的路线,分途发展,不相闻问,然后,慢慢地随着文化势力的扩张,最后四个文化慢慢地都起着变化,互相吸收、融合,以至总有那么一天,四个的个别性渐渐消失,于是文化只有一个世界的文化。这是人类历史发展的必然路线，谁都不能改变，也不必改变"。在这里，闻一多先生指出了人类文化发展的趋势，谈及了东西方文化之间的交流和影响。

在21世纪我们应该注意到东西方之间及各民族文学之间的交流达到了前所未有的程度。由于交通、网络技术及通讯等方面的发展，一部好的作品一经问世便能迅速传遍世界，不同民族、国家之间的作家可以随时进行交流。在这种大环境下，一个民族的文学不可能孤立存在，同样，一个民族的文学作品不受外来因素的影响或不影响外国文学都是不能存在的。因此，在研究文学的时候要不断开阔眼界，从交流和传播的角度把握作品，更加深入地研究作品。

研究的一般步骤为提出假设、搜集与考订材料、证明假设三部分。

首先，提出假设。一般是在作家或作品之间没有直接的事实联系的情况下，进行类同研究 进而提出假设。研究者发现不同民族文学作品中相似的情节、人物及主题，因此对其可能的联系提出某种假设。例如，研究者研究到卡夫卡非常了解、崇敬福楼拜，于是假设福楼拜对卡夫卡的创作产生影响，在搜集材料和对它们进行考证后证明他们之间确有联系，卡夫卡读过福楼拜的作品，并且多次在书信中提及他。

其次，搜集与考订材料。从形成假设到作出最后判断过程中一个十分重要的环节是搜集、考订材料。例如，从影响传递的媒介、形式等入手，这样我们的求证就有了方向，就可以从任何地方进行材料的搜集，可以从文学作品中、报纸、杂志，也可以从人物传记等获得，甚至可以通过历史学、人类学中获得。我们在搜集与考订材料的过程中也不应忽略那些不太知名的作家、报纸和杂志。搜集的方法，可以通过做笔记进行。

最后，证明假设。对材料进行搜集、考订后，我们可以采用分析、推论及判断、归纳的方法得出结论。例如,鲁迅与俄国作家之间的关系。王富仁在一篇文章中指出安特莱夫对鲁迅前期小说的影响比托尔斯泰和高尔基的影响都要多。要论证这种影响,他从不同的角度搜集他们之间的"事实联系"。第一,鲁迅翻译过安特莱夫的许多作品;第二,鲁迅本人承认受安特莱夫的影响;最后王富仁得出强有力的结论:鲁迅前期的作品受到安特莱夫的影响,表达冷漠的人际关系。此外,两者之间还存在一定的差异性,鲁迅借鉴安特莱夫,受他的影响,但是其作品更结合中国的实际,深深植根于民族传统文化土壤之中,在各个方面都进行了升华。我们在对作家及他们的作品进行比较研究时,一定要强调对文本的考察与探究,在一切都研究齐全后来证明最初的假设。但是也不是所有的文本材料都搜集、考证后就一定会证明最初的假设。

作家受到的影响可能是多方面的,因此,我们在研究时应从不同的角度,多方面的研究作家受到的外国的影响。例如,巴尔登斯伯格的《巴尔扎克作品中的外国倾向》一文中,巴尔登斯伯格对巴尔扎克接受的外国影响作了全面的分析考证,我们看到这位作家虽然沉浸于自己的世界但仍旧受到许多外来影响,影响他的有《一千零一夜》、《十日谈》、《少年维特之烦恼》、《浮士德》及司各特历史小说等。对这类大作家做影响研究时要采用多方面的研究考证方法,只有这样最后才能得出较为全面准确的结果。

第二节　平行研究法

"平行研究法"在比较文学中主要是指对彼此间不存在实际接触与影响的不同国家的文学进行比较,分析他们之间的异同,研究他们的发展规律和意义。雷马克在《比较文学的定义和功用》中指出:"赫尔德与狄德罗、诺瓦利斯与夏多布里昂、缪塞与海涅、巴尔扎克与狄更斯、《白鲸》与《浮士德》、霍桑的《罗杰·马尔文的葬礼》与德罗斯特—许尔索夫的《犹太人的山毛榉》、哈代与豪普特曼、阿佐林与阿那托尔·法朗士、巴罗哈与斯丹达尔、哈姆松与约诺、托马斯·曼与纪德，不管他们之间是否有影响或有多大影响，都是卓然可比的。"虽然里面指出的都是西方作家及其作品，但是其代表性是不容我们忽视的，最为重要的是目前为止我们并未发现这些作家和作品之间存在直接的影响，但在这里进行的比较打破了时间、空间等方面的限制，可以这样说，不同年代、不同国家、不同影响力的作家和作品都可以在一定条件下进行比较研究。例如，中国诗人杜甫可以和歌德进行比较研究；巴尔扎克的《高老头》可以和莎士比亚的《李尔王》进行比较研究；堂吉诃德和阿Q这两个艺术形象，虽然处于不同时间、国籍，却仍可以将其放在一起进行比较研究；《源氏物语》与中国四大名著之一的《红楼梦》虽相聚七百多年仍旧可以进行比较，等等。总之，平行研究范围非常广，平行研究要比影响研究的题目多得多，因为相对而言不存在直接关系的作家和作品的研究性要远远高于存在联系的作家和作品。

我们所研究的文学范围内，平行研究所要比较的类别多种多样。如题材、人物、情节、情景、风格及写作手法，此外还有对文学史的分期、潮流和运动及诗学等。处于不同时代、不同国籍的作家完全可以写相似主题的作品，从这一点进行平行研究有很大的意义。我们承认，任何作品都要受到各自的社会历史条件的约束，相同的主题在不同的民族也会有不同的表现形式。对这种共同主题的研究为东西方文学的比较研究提供了广阔的思路。

平行法研究常常涉及的一个方面是题材的相似与不同。人类社会发展的历史阶段本质上是一致的，因此各国有着大致相同的文学体裁。不过，神话故事、传说、历史及民间传统故事等都是一些相似题材的来源。例如，由德国剧作家布莱希特创作的《高加索灰阑记》，研究家已经证实该作品取材于我国元朝李行道的杂剧《包待制智勘灰阑记》。法国汉学家裘利安将该杂剧译成法语同时在伦敦获得出版，德国人威廉·达·冯塞卡又把翻译的文本改编成德文剧本，1925年克拉朋又进行改编，并在德国舞台上首演，1926年汉堡大学汉学家弗雷德·福尔克重译成德文。布莱希特的《高加索灰阑记》在上述基础上产生。《高加索灰阑记》明显受李行道的《包待制智勘灰阑记》的影响。因此我们可以进行影响研究。同时我们仍旧可以仅考虑两部作品，只是对作品进行平行比较，布莱希特的《高加索灰阑记》虽取材于李行道的《包待制智勘灰阑记》，但是它的主旨、故事情节及人物等又与李行道的有很多大的区别，从这个方面进行研究对于我们了解中国和德国两个国家有很大的帮助作用。

平行法研究除了比较题材的相似性，另一个方面是比较作品中情节的相似性。例如，古希腊神话中关于庇革马良的事故就与中国唐朝杜荀鹤在《松窗杂记》中记载的故事情节有着很大的相似性。古希腊神话中著名雕刻家庇革马良，厌恶行为轻佻、举止放荡的女性，因此他专心艺术创作，从不接近女性。然而不知不觉间他却迷恋上自己雕刻的一尊少女像。在爱神阿芙洛狄特的帮助下，这尊石雕变成一个拥有生命的妙龄女子。庇革马良和她结为夫妻，生有一女。杜荀鹤在《松窗杂记》中描写的也是关于唐朝进士作画，画中女子成为现实中人物的故事。这两个故事我们可以看出，它们的情节大致相似，后人都将其作为自己故事的重要线索。《画中人》这部作品就是明代戏剧家吴炳采用真真和赵颜的故事来创作完成。英国剧作家马斯顿的诗歌、作家吉尔伯特和肖伯纳的创作中都有相似情节的再现。把情节相似的作品进行比较会在很大程度上帮助我们理解不同民族在某些情境下可能会出现的相同的心理。

可以将文学作品的背景进行比较研究。例如，狄更斯作品中的伦敦、卡夫卡作品中古老的布拉格及索尔·贝洛笔下的芝加哥都可作为西方文学中典型的都市背景进行比较，英国小说家特洛罗普笔下的小城镇都被天主教的气氛侵染着，爱伦·坡笔下的充满恐怖气氛的古老城堡同样可以作为作品的典型环境进行平行研究。

同时也可以将类似的人物形象进行平行比较。例如，将王熙凤和郝思嘉、杜十娘与茶花女、贾宝玉与奥涅金、阿Q与堂吉诃德、刘兰芝与尤三姐等进行平行比较。这些人物形象能进行比较的原因就在于他们可能在性格特征上和某些内在的本质上有相似之处。当然，这些人物形象产生于不同的时代而且民族各异，因而在本质上难免会存在许多差异，从比较的角度对这些形象的异同进行深入研究，不但能使我们深入理解这些典型人物，而且能帮助我们发现在塑造人物形象时的一些规律。

除了可以在内容上进行比较外，还可以形式上进行。在形式上可以从文体的风格、创作方面的技巧、意象、格律、象征等方面比较。

在文体方面，如果将在中世纪欧洲产生的几部英雄史诗的文体进行平行比较，我们会发现著名的中古英雄史诗《伊戈尔远征记》、《熙德之歌》、《罗兰之歌》大都是由民间传唱文学发展演变而成，民间文学中的俗话、套话和俚语被大量使用在这些作品中，并且保留了适于吟唱的形式。

在创作技巧上，我们可以比较采用同一种手法的作家和作品。例如，可以将托勒的《群众与人》、卡夫卡的《城堡》、凯泽的《从清晨到午夜》、奥尼尔的《毛猿》等运用同一种表现手法的作品进行平行比较，通过研究这些作品，我们可以不断深入了解这些作家所采用的创作手法。

与此同时，我们也可以平行比较类似的意象。例如，可以将隐喻式的意象《李尔王》中的暴风雨、《厄舍古屋的倒塌》中破败的城堡、《呼啸山庄》中的荒野进行平行比较。

我们还可以将不同文学中诗歌的格律进行比较,例如,在十四行诗韵律方面的异同,可以比较莎士比亚式和彼特拉克式;我们同样也可以比较不同语言中的用韵,例如,在英语中存在三种韵,即三音节韵、阳韵及阴韵,但在波兰语、意大利语中,比较严肃的作品多采用阴韵。

由以上叙述我们可以发现平行比较的范围是极其广泛的,我们要想使比较更具有意义,就必须掌握正确的方法。

平行研究法是针对影响研究而提出的,二者是不相同的。平行研究强调的是作品本身的美学价值和作品内在的诸多因素,强调的并不是作品、作家之间的各种外部影响,因此,平行研究要对比研究不同民族作家及作品之间的差异,寻找文学之间共同的本质及美学基础。平行研究采用的是批判的、哲学的方法,而影响研究采用的是考据的、历史的方法。

但是,平行研究并不是把不同民族的任何作品、作家都拿来进行比较。因为,虽然平行比较的范围很宽,但并不是没有任何根据的随意比较,于是提出了“可比性”和“文学性”的理论方面的问题。“可比性”指的是文学现象的异和同,即比较的对象之间可供比较的基础。

文学中大量存在相似和类同。就文学本身而言,它属人文学科,体现的是人们之间共同的思想、感情、愿望。所以在类似环境中,就可能出现类似的文学现象。例如,每个民族的宗教仪式都有本民族的特色,而戏剧就是在宗教仪式的影响下产生的,酒神祭祀活动是古希腊悲剧的起源,原始人的自娱自乐和祭祀活动的原始舞蹈是中国戏曲的起源。从文学的起源来看,原始初民的原始艺术的起源存在许多类似的可能性,游戏、巫术、劳动、季节变换等,这些都反映出人性中的共同点,它们穿越了时空的界限。同时,文学有它自身的特点和规律,因此,相似性在某些属于文学范畴的东西中是普遍存在的。可能在同一文学潮流或运动的不同民族的文学中在不同程度上存在这种潮流和运动的影子，如遍及世界的现实主义文学，英国、法国、德国等民族的浪漫主义文学等。

总而言之，在客观上是存在文学现象的相似和类同的，平行比较中的类同研究是这种类同现象客观存在的理论依据。在没有任何时空接触与联系的文学现象中，通过进行类同研究，对作品、作家、潮流、流派及文类之间的类同点和亲和点进行考察，可以加深我们对研究对象的理解，进而归纳出文学中的的某些规律。

由于文学这门学科拥有自身的特点和规律，因此文学中存在类同或相似的现象，但在不断发展的历史中，地域、环境、时代、民族心理等多方面因素必然会影响到文学，因而文学又呈现出五彩斑斓的复杂风貌。也就是说，文学现象之间、作品与作家之间的差异是客观存在的。

民族性是比较文学中"异"的主要表现形式。众所周知，不同文化背景下诸多民族文学之间是存在差异的，例如，欧、美诸国文学属于西方文化传统，因此与中、日、印等东方文化传统的文学之间存在明显的差异。即使各民族文学都属于同一个文化传统，也会表现出不同风格的面貌。韦勒克指出英国的浪漫主义文学与德国浪漫主义文学之间就存在的明显的差异。在抒情诗方面，英国主要是抒情民谣、赞美诗及无韵诗，而在德国则主要以民歌为主。德国抒情诗缺乏诗人主观和下意识的真挚感情的流露，而英国抒情诗则具有社会意义和逻辑性。就文学类型而言，与18世纪英国的社会风俗小说、哥特式小说有着传统上的承继关系的司各特的历史小说就是英国主要的文学类型，而德国主要是一种新类型，它是将幻想与讽刺混合到一起形成。由此可以看出，民族性是平行比较中"异"的基点。平行研究在认识到各种文学间类同的同时，也必须看到不同民族文学间的差异，这是由于每一个民族文学都有自身不可取代、不可移易、不可合并的独特性格。

文学现象之间的差异和类似呈现出复杂的形态,但却并不是孤立存在的。例如,如果我们将堂吉诃德和阿Q作平行比较,那么就会发现,虽然这两个艺术典型相差甚远,一个出现在17世纪初期的西班牙,一个出现在20世纪20年代的中国,一个是西班牙乡绅出身"骑士",一个是生活在社会最底层无知的中国小市民,但我们对这两个人物进行深入研究时会发现他们有着本质上的相似:性格都质朴、直率;在生活中常常遭到欺凌和侮辱,但是他们非常迫切地想成为强大的人;他们处处遭受凌辱,为了改善自己悲惨的人生给灵魂一点暂时的安慰,为遍体鳞伤的自己涂抹一点止痛的精神良药,他们只能借助"精神胜利法",然而这种方法并没能使他们获得重生,阿Q仍处于失败的局面,堂吉诃德依然身陷困境,于是在他们的头脑中出现了一系列奇妙想法,即把幻想和想象当成事实,虽然他们常常倒霉,遭遇失败,但是他们有时也会获胜;他们在反抗时,头脑也会暂时的清醒甚至表现出智慧来。由此可见,文学中的同和异不单一存在,我们需要运用哲学的分析法全面把握文章的同和异。

对于平行比较而言"文学性"具有极其重要的意义。文学性作为平行比较的一个前提,它是指文学贯穿于我们研究的所有重点和内容之中。是否具备"文学性"需要借助以下三点原则来判定:第一,研究者的目的和重心是否始终围绕着文学这个中心。例如,文学与音乐、绘画、心理学等关系紧密,在研究他们之间的关系时,我们是否把重点放在相互辉映、相互阐发和文学上了。第二,"文学"是否贯穿于整个研究过程的始终,研究者引用某一学科的事实与材料,贯穿到另一学科中,其目的是否是用来说明与此相关的文学问题。例如,如果我们把巴尔扎克作为代表来对19世纪法国文学和资本主义经济学进行平行比较,就应该看我们是否致力于使用经济学中的材料来说明巴尔扎克在自己的作品中准确、真实地再现资本主义社会的现实,他在此方面的描述所产生的艺术感召力。第三,研究成果是否能对文学发展作出有益的结论。

与此同时,本科的文学在进行平行比较时,也会涉及"文学性"的问题,这个问题的实质就是"文学艺术的本质这个美学的中心问题"。也就是说,我们所进行的平行比较,目的就是阐明文学中的某些基本的问题。我们的研究始终是针对文学内在问题的研究,研究并不涉及文学的外缘。

把"作品的比较和产生作品的文化传统、社会背景、时代心理和作者个人心理等因素综合起来加以考虑",这是钱钟书先生认为平行研究者所应该做到的。这样才能在分辨相同点和不同点的过程中更加深刻地认识作家作品、某种文学现象及其规律。即平行研究强调"文学性"和作品本身的美学价值,以及作品内在的关系,这并不能说明平行比较忽视作品产生的外界条件,忽视与作品相关的各种因素。这正像韦勒克所说的"决不意味着应忽略甚至蔑视产生作品的诸关系,也不意味着内在的研究仅仅是形式主义或不适当的唯美主义"。因此,研究者强调文学性时,必须在一定的社会历史背景中来考察研究对象,这样就能够避免陷入形式主义。

平行研究的具体方法是审美的、哲学的和批评的,它包括比较、对照、解析、推论、评价、综合等一系列过程。在这方面它与影响研究并不相同。由于同异的发现依赖于比较,而有意义的结论的导出又依赖于综合,因此,在此过程中,比较和综合是最重要的环节。

在各个学科的研究中都运用比较的方法。但比较文学中比较的方法在本质上区别于非比较文学中所运用的比较方法,平行研究中的比较方法是有意识、有目的的比较,是从特殊到一般,从个别到整体归纳出的结论。非比较文学研究中运用的比较方法是不自觉、不能贯穿始终的方法。

平行研究的终极目标是用理论来阐释文学的基本问题和人类

社会的精神生活，在此过程中综合是必不可少的。雷马克也曾强调综合是必不可少的关键环节。

第三节　接受研究法

广大读者阅读文学作品的过程就是一个审美过程，经过审美过程文学作品才能真正地转化为艺术品，这就是读者在艺术创造过程中的重大作用。而作品对不同民族、不同种族的读者（听众、观众）所引起的影响及广大读者的接受情况是比较文学中的接受研究的研究目标。

接受理论承认在客观上读者对作品的理解是不同的，任何阅读和理解都具有"历史"性的特点，都是在一定的时空中进行的。地域、时代、文化不同对同一件艺术品也会产生不同的反响；读者头脑中已存在的意识结构是阅读与理解的前提；阅读文学作品时读者用自己的想象对作品进行补充，而补充的过程就是为阅读和理解的多样性提供的基础。

应该说，在文学欣赏的过程中"接受"具有极其重大的意义，那么，"接受"本身有哪些特点，又是如何实现的呢？

读者与作品相接触，读者的知识水平、文化修养、欣赏水平和个人的阅历共同构成了读者的"接受屏幕"。它决定了作品在读者心目中的印象及激发读者的进行再创造的基础。例如，当一个人接触一篇文章或一首描写有关河流的诗时，这会诱发读者积极地迅速搜寻记忆深处与江河有关的一切意象，从而构成了"接受屏幕"，如江河的雄伟壮阔：君不见黄河之水天上来，奔流到海不复回；大江东去，浪淘尽，千古风流人物。江河的柔美：一道残阳铺水中，半江瑟瑟半江红；遥望洞庭山水翠，白银盘里一青螺，诸如此类等等。

文化背景不同的读者，心理结构和文化形态也各不相同，"接受屏幕"存在差异，就会产生不同的期待和理解，这就是所谓的"期待视野"。例如，中国古典小说和戏剧的读者总是期待或"洞房花烛"、"金榜题名"，或"善有善报，恶有恶报"。韩国、泰国的电影和电视剧的读者总是期待，"有情人终成眷属"的大团圆结局，即使是悲剧的结局，也期望死后"化蝶"。然而西方的读者对悲剧的期待则是一悲到底，痛彻心扉。"期待视野"同时还随时代和社会审美标准的变化而变化。当今中国读者的"期待视野"也不仅仅局限于一个"大团圆"的结局了，而是对作品有了更高、更新的要求。例如，多年前红遍大江南北的电视剧《牵手》，该剧以男主人公钟锐的情感生活为中心线索，讲述了他与妻子小雪、与情人王纯之间的情感纠葛。由于三个主人公之间复杂的情感又引出了错综复杂的人际关系，每个主人公都面临着人生的抉择。最终，他们的选择和人生归宿又将如何？电视剧本身并未给出明确的结局，而是让读者发挥想象力，给读者留下了无限的想象空间。此处无声胜有声，没有结局的结局更受到广大观众的喜爱，这也是现代人的心理。

在某种意义上作家与读者是互相制约的，也就是说读者的"期待视野"能够改变作家的创作，作家的创作同时也能够改变读者的"期待视野"。英国文艺理论家特雷·伊格尔顿曾说过，接受者是作品本身的一个组成部分。例如，莎士比亚的《哈姆莱特》，其中包含了如装疯、鬼魂、延宕、杀人流血、戏中戏等情节，这些都迎合了当时观众的"期待视野"。对于一个毫不在乎是否有人来阅读他的作品的作者来说，他所期待的读者已经以作品的一个内在结构包含在写作活动中了，如果没有这个潜在的读者，他的写作就变得毫无意义。

接受理论的提出刷新了影响研究。影响研究是只研究一个对另一个的影响，却很少研究另一个对一个的接受关系。而现在将单向过程改变为了双向过程，就是为了在这一领域开辟许多新的层面。

"接受屏幕"不同,作品被接受的状况就不尽相同,通过某种成分被接受或拒绝或改造的过程,这有利于充分发掘出作品的潜能,也有利于我们了解不同文化体系的特点。例如,美国人与中国人对赵树理的《小二黑结婚》中三仙姑这一形象就各执己见,我们一般不把她作为正面人物来看待,可美国人却非常同情三仙姑,认为她既不算老又热爱生活、热爱劳动、爱交男朋友,不愿当一个生死无异的"节妇",认为对三仙姑打扮的指责,是对个人爱好的野蛮限制。此种反应使我们从不同的侧面认识到了作品能够极其深刻地反映现实生活,也使我们见识到了美国青年的世界观、人生观、美国文化的特点和中美两国巨大的文化差异。

对外国作品的接受情况可以反映出接受者的不同个性。例如,泰戈尔对中国文人的巨大影响,尤其是在"五四"时期,由于作者各自不同的个性,他们从不同程度上接受了泰戈尔的美学理论和哲学思想。正如,著名诗人郭沫若与冰心都接受了泰戈尔的泛神论,但他们从截然不同的角度吸取了其中的精华,因而两者的作品基调也迥然不同,前者郭沫若吸取的是追求个性解放、反抗封建的思想力量,因此他的诗歌基调就是灼热的;而后者冰心则从泰戈尔的泛神论中吸取了宁静的一面,因此,冰心的作品拥有平和恬淡的情调;而王统照接受了泰戈尔"爱的哲学"思想,因此王统照的诗也如泰戈尔的诗那样追忆童心、崇尚自然、探索人生,然而不同的是他的作品给人一种朦胧晦涩的感觉;徐志摩先生的作品之所以显得清新明快、缥渺空灵,这与他从浪漫主义角度来接受泰戈尔是分不开的。

另外,还可以通过接受的研究来考察时代的变化。任何一个作家或作品在被接受的过程中会因时代不同而强调不同的方面。人们选择自己要接受的外来作品,往往是以不同时代的需要为依据的。例如,尼采对中国现代文学的影响是随时代和政治需要的不同而变化的。辛亥革命前,人们把拯救中国于危亡的希望寄托于拥有雄才大略的人的身上，这种具有伟大意志和智力的"才士"就是从尼采身上继承来的。"五四"前后，尼采的思想激发人们挑战几千年的封建统治，激励弱者自强不息，他成为人们心目中一个摧毁一切旧传统的破坏者。而在1927年后，革命形势有了进一步的发展，进步思想界就很少再有人提到尼采了。到19世纪40年代，由于国民党政治统治的需要，尼采又在国统区部分知识分子中得到广泛的传播。这从不同侧面反映出了时代和社会环境的变化。

此外，关于接受的"反射"现象及以接受理论为基础，编写新型文学史等课题的研究也是值得我们注意的现象。总之，接受理论拓宽了比较文学研究的领域，为文学研究带来了新的生机。

第四节　跨学科研究法

跨学科研究是近年科学方法讨论的热点之一。"跨学科"一词最早在20世纪20年代美国的纽约出现，其最初含义大致相当于"合作研究"。我国于1985年召开"交叉科学大会"，"交叉科学（或学科）"一词在科学界广为传播。早期，人们对交叉科学和跨学科基本不加区分。20世纪90年代以后，有学者开始用"跨学科"一词代替"交叉科学"。跨学科的目的主要在于通过超越以往分门别类的研究方式，实现对问题的整合性研究。目前国际上比较有前景的新兴学科大多具有跨学科性质。跨学科研究是运用多学科的理论、方法和成果从整体上对某一课题进行综合研究的方法，也称"交叉研究法"。科学发展运动的规律表明，科学在高度分化中又高度综合，形成一个统一的整体。据有关专家统计，现在世界上有2000多种学科，而学科分化的趋势还在加剧，但同时各学科间的联系愈来愈紧密，在语言、方法和某些概念方面，有日益统一化的趋势。

跨学科领域，简称跨学科，又称交叉学科、多学科、综合学科或复杂性学科,都是同一个内容不同的称谓。跨学科领域的研究是对单一学科研究的挑战与革命,人类进行跨学科性的研究已有较长历史,笛卡儿将代数学与几何学交叉而发明解析几何,此后,随着科学的发展相继出现了多种形式和领域间的学科交叉,使交叉学科研究成为科学中的一种常见现象。今天看来,交叉学科或科学研究还属于跨学科研究的初步阶段,因为这样一种研究仅限于已有学科之间,尽管跨学科研究也可能产生一些交叉学科,但它集中突出的是问题,更注重行动本身及其与社会联结的深广程度,而不以成立学科为目的,因此当前的跨学科研究呈现出一些新的态势和特点:其一,是学科跨度加大、数目增加、非学科类内容日益增多,方式日趋复杂,界限越来越不明晰;其二,科学研究中自觉地组织化程度提高了;其三,人文与社会科学成为跨学科研究的活跃领域;其四,社会开始不断接纳跨学科研究的价值观。

跨学科研究根据视角的不同可概要地分为方法交叉、理论借鉴、问题拉动、文化交融四个大的层次。提倡跨学科研究,就是在学科研究方面促进人们贯彻与实施唯物辩证法关于普遍联系观点的重要实践,是推动人们在科学研究领域更加逼近真理的正确方向。为此,必须突破现有以学科划界的研究模式,走向更加符合客观物质世界"普遍联系"规律的研究模式。比较文学的跨学科研究,使文学的丰富空间和多重意义得以开掘,并冲破了传统文学研究手法和主题的单调刻板,从而使文学的表现力和覆盖力得以扩大,它是文学研究的一次突破和尝试。比较文学归根结底是一种文学研究,它的出发点和归宿点都应该是文学。比较文学中的跨文化、跨学科研究,是为了丰富和深化比较文学的研究,而不是为了淡化甚至"淹没"比较文学自身的研究。

中　篇　比较文学视野下的中俄文学关系

第一章　追根探源俄苏文学

自古以来, 中国与罗斯就有文化之间的交往, 追根溯源, 则可上溯到公元12世纪, 也就是古罗斯时期。

第一节　古罗斯与中国的早期交往

在古罗斯存在的9世纪到12世纪的历史长河中, 俄罗斯的名作家及作品还鲜为人见, 但文学前辈们依然无私奉献着自己的杰作, 并且为中俄文化在历史上的交流做出了贡献。我们首先来看看古罗斯最早的一部史诗——《伊戈尔远征记》。这部史诗一直在欧洲文学中处于领先地位, 从未被超越, 诗人活灵活现地为我们描述了在12世纪的古罗斯所发生的悲壮的图景: 伊戈尔大公和弟弟率领罗斯军队讨伐南俄, 与突厥人进行厮杀, 最后以失败而告终并成为了囚犯, 但伊戈尔大公不屈不挠没有向敌人投降, 最后成功逃脱敌人的魔掌, 又回到了自己的帝国罗斯。史诗人物鲜明、主题鲜活、场景壮观开阔, 可歌可泣。诗中描写伊戈大公被打败的情景时, 诗人这样写道："/两弯新月——//被黑暗遮盖,/沉向茫茫大海,/他们的败绩在希诺瓦(Хинова)各族人民中激起了无比的骄勇。"

关于"Хинова"一词众说纷纭,有一些人认为它说的是匈奴人,是古斯拉夫对匈奴人的称谓;另一些人则认为它是古罗斯人对东方游牧民族的统称(如院士Д.С.利哈乔夫Лихачев)。作家奇利维欣(В.А.Чиливихин)严谨地考证了该词的词源,并提出了自己的观点——它指的是中国。在当时,世界上的很多语言都把中国称作"хин、чин、шир",而"Хинова"恰好与"Хин"同根。早在汉朝,中西文化就开始了真正意义上的交流,汉武帝派遣张骞出使西域,在这条连接欧亚的丝绸之路上,出现了在世界文明史上举足轻重的奥斯曼帝国等国家。罗马作家普林尼的《博物志》(公元1世纪)也对丝绸之路做了一些泛泛的描述。在公元7—11世纪时,中国与阿拉伯帝国之间的交往已经日益频繁,阿拉伯人作为桥梁,将中国的文化向西方传播,所以当时的中亚和西亚一带已经开始熟悉中国。生活于第聂伯河流域的主要由罗斯人组成的东斯拉夫各部落,他们在公元8—9世纪逐步走向联合。留里克王朝在9世纪中叶出现,王朝建立后不久定都于基辅,被后人称为"基辅罗斯"的国家初步形成了。起初,古罗斯的领土面积还很小,就连顿河也不归属于其境内,更不用说广漠的西伯利亚地区了。10世纪初的时候,阿拉伯商人已将关于中国的信息传递到了伏尔加河流域,此时与古罗斯相关的是丝绸之路西北段中的北路,它的起点在中国的渭水流域,经过碎叶再向西折,到达里海以北,经乌拉尔河流域,再沿里海西北岸,最终到达君士坦丁堡。10世纪末至12世纪中叶,古罗斯与拜占庭帝国关系友好密切。在唐朝前期,有7批罗马使者通过丝绸之路来唐访问,中国也派遣了使者前去回访。《伊戈尔远征记》中侵犯罗斯边境的谢尔比尔人、达特拉人、波洛夫人、托普恰克人等部落皆属于突厥人种。他们不仅与俄罗斯人交战,还有通婚一说。

《伊戈尔远征记》中所说的"一大帮真正的蒙古军"对俄罗斯开始了侵略和妄图控制，揭开了中俄之间直接接触的序幕。13世纪初，蒙古族势力日益壮大，并始建了以成吉思汗为首领的统一蒙古汗国，立即开始向南方和西方的远征。蒙古国历史上共有三次大规模的西征，到了13世纪中叶，其势力范围涵盖西南亚和东欧的大部分地区。第二次西征主要是为了讨伐俄罗斯。后拔都在萨莱建郡，该地位于里海北面的伏尔加河下游，并取名为钦察汗国。因为它的帐殿为金色，故俄罗斯人又称其为金帐汗国。15世纪末，金帐汗国灭亡。俄罗斯历史学家维尔纳茨基却认为蒙古人为俄罗斯带来了深刻的影响，而且这种影响与中国紧密相关，他强调，蒙古人统治时所带来的中国体制和中国文化对俄罗斯产生了巨大影响。拥有广阔疆域的蒙古帝国还在各个地方建立了较为完善的驿站制度，使得中俄之间的陆路交通更为畅通无阻，尤其是原先就有的丝绸之路西段的北路。交通便利后，中国的丝绸、火枪、日用品等可以源源不断地流入俄罗斯境内，当时的诺夫戈洛德成了东西贸易中的重要环节之一，在元朝的一些大城市也出现了来自俄罗斯的手工艺人。

第二节　解析 "Китай" 的含义

"Китай"一词在俄语中推断颇多，现找几种学者普遍认可的说法与大家分享。

Согласно гипотезе,слово китай– тюркское и переводится на русский язык просто как крепость,укрепление, укрепленное место. Оно могло со временем превращаться в название населенного пункта,выросшего на месте такой крепости–так же это бывало с русскими словами городок,городец.

Известный историк Москвы И. Е. Забелин и другие

видные отечественные ученые считали, что оно связано с восточнославянскими, русскими словами кита, кит, сохранившимися в диалектах. Означает оно – «плетенничный», «как плетень», то есть построенный по принципу плетня – переплетения толстых вертикальных кольев или бревен молодыми гибкими побегами. Такие крепкие плетеные стены ставились на некотором расстоянии друг от друга, а промежуток между ними заполнялся, забутовывался землей, глиной, крупным щебнем, камнями. Так возводилась чрезвычайно прочная стена, которую трудно разрушить, пробить стеноломными машинами и даже пушечными ядрами.

Слово «Китай» произошло от названия племени киданей, которые правили в северном Китае, когда произошли первые контакты европейской и китайской цивилизаций. В европейские языки это слово первоначально пришло как Catai — это название Китаю дал Марко Поло во время своего путешествия в Азию. Им он обозначил северный Китай, южный Китай, который к тому времени завоевали монголы во главе с Хубилай-ханом, он назвал Manji (кит. 蠻子 — «южные варвары»). В английский язык слово вошло в виде Cathay.

上面的三种说法解释为："Китай"（中国）一词与"契丹"一词的发音很相近，我们似乎能从这里看到中国与契丹在文化上存在某种契合。公元7—9世纪契丹先后仰仗突厥和中国来发展势力。10世纪初，契丹国建立，后南下向中原地区扩张，改国号辽，西北部领土已经深入西伯利亚，声名远扬海外。无独有偶，13世纪波斯历史学家的著作中也称处于金朝时的中国为契丹。但问题是，与其说俄罗斯误认为中国人是契丹人，还不如说是契丹人已经被汉化并成为中华民族大家庭中的一员。在金帐汗时期，俄国当时的作品多数都是抗击蒙古人的史诗。同时期比较著名的作品有《激战马迈的传说》、《顿河彼岸之战》、《拔都攻占梁赞的故事》、《米哈伊尔·雅罗斯拉维奇大公在金帐汗国遇害的故事》等。

第三节　陕甘茶马古道上的罗斯

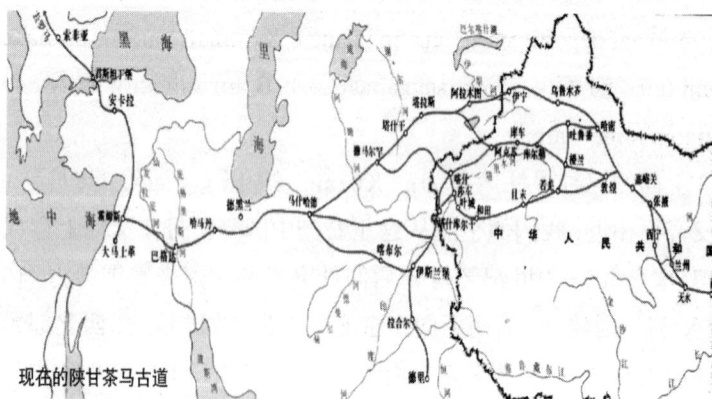

公元1世纪时罗马作家普林尼的《物志》已对陕甘茶马古道及古

丝绸之路上的中国做过象征性的描写。陕甘茶马古道是古丝绸之路的主要路线之一，从神圣的"马帮之路"中国茶叶最早向海外传播，可追溯到南北朝时期。据史料记载，在与内蒙古毗邻的边境，中国商人向土耳其输出茶叶。隋唐时期，随着边贸市场的发展壮大和丝绸之路的开通，中国茶叶以茶马交易的方式，经回纥及西域等地向西亚、北亚和阿拉伯等国输送，中途辗转西伯利亚，最终抵达俄国及欧洲各国。当时主要的运输工具是骆驼。茶、马，指的是贩茶换马（这里的茶和马均是商品）茶马古道，指存在于中国西北地区，以马帮为主要交通工具的民间国际商贸通道，是中国西北民族经济文化交流的走廊。茶马古道是一个非常特殊的地域称谓，茶马古道源于古代西北边疆的茶马互市，兴于唐宋，盛于明清，二战中后期最为兴盛。茶马古道连接川滇藏，延伸人不丹、尼泊尔、印度境内，直到西亚、西非红海海岸。公元7—11世纪阿拉伯帝国和中国之间的交往日趋频繁，阿拉伯商人是中国文化西传的桥梁，当时的中亚和西亚一带对中国已不陌生。但在第聂伯河流域，以罗斯人为主的东斯拉夫各部落在公元8—9世纪时开始联合起来。9世纪中叶，出现了俄国历史上第一个留里克王朝，形成了基辅罗斯。阿拉伯商人在10世纪初已经把有关中国的消息带到了伏尔加河流域，此时的茶马古道、丝绸之路西北段中的北路与古罗斯相关，它从中国的渭水流域出发，经碎叶向西，到达里海北面，进入乌拉尔河流域，再沿里海西北岸前往君士坦丁堡，形成了文明一时的陕甘茶马古道。

第二章 俄罗斯人心目中的中国形象

第一节 18—19世纪 罗斯的 "汉学潮"

18—19世纪 "汉学热" 风靡西欧，而这种浪潮也席卷了俄国，并深刻地影响了俄国。当时的俄国人，将中国春秋时期的大教育家孔夫子奉为圣人兼哲人。我们在俄罗斯18世纪作家的作品中就可以看到俄国人对孔圣人的追捧，如杰尔查文（1743—1816）在《一位英雄的纪念碑》一诗中引用了孔子的战争名言，称孔子为伟大的诗人和音乐家；赫拉斯可夫（1733—1807）也曾转译过孔子的文章；拉季谢夫（1749—1802）在晚年创作的诗篇《历史之歌》中将孔子尊为 "天人"，并预言他的 "箴言" 必将光照千古。正是因为俄国的启蒙作家厌倦了现实社会并萌生了对美好社会的憧憬，才将遥远的、更多是掺杂了想象成分的中国看成了一块圣洁的宝地。当时的中国文学想要进入俄国主要是通过这两个途径：一是让中国文学直接流入俄国，二是靠西欧对中国书籍的翻译。最早出现在俄国的中国纯文学作品是元杂剧中的精品剧作——纪君祥的《赵氏孤儿》，1759年俄国剧作家苏玛罗科夫用 "MS" 这个笔名发表了对该作品的译作，译作名称为《中国悲剧〈孤儿〉的独白》。而后的几年，由俄国科学院院长罗蒙诺索夫主持，科学院的科学家们翻译出了直接从中国引进的《八旗通志》。1567年，伊凡四世（即伊凡雷帝）派使者雅雷舍夫访问中国。17世纪末中俄《尼布楚条约》签订之前，俄国政府分别于1618年、1654年、1675年、1686年先后派出四个外交使团访华,率队者分别是佩特林、佩可夫、斯帕法里和纽科夫。归来之后,这些使团大都记载下了中国的风貌,甚至一些报告和行记为俄国科学家最早开始研究中国的天文、地理、历史、风俗习惯等提供了重要的参考文献。如佩特林所著的《中国、腊宛及其他定居和游牧国家、乌卢斯诸国、大鄂毕河、河流和道路一览》、斯帕法里所著的《经过西伯利亚的旅行》、《旅途日记》和《1675—1678斯帕法里访华使团文案实录》。18世纪初彼得大帝进一步加强了与中国的联系。

第二节 俄罗斯三位知名汉学家

Синология(от позднелатинского *Sina*—Китай),или китаеведение, китаи́стика, — комплекс наук, изучающих историю, экономику,политику,философию,язык,литературу,культуру древнего и современного Китая. В Китае для науки о прошлом этой страны используется термин汉学(пиньинь hànxué)или国学(пиньинь guóxué, может быть переведено как «родиноведение»).Первый чаще используется в исследованиях истории и культуры ханьского этноса, второй—прочих национальностей, живущих на территории Китая. В Японии для обозначения этой науки служит термин Кангаку(яп.汉学ханьское учение?).В англоязычных странах данный термин понимается как устаревший, входящий составной частью в Chinese Studies.

Учёные, занимающиеся синологией, называются синологами, китаеведами или китаистами,в XIX в.редко—«хинезистами» (заимствование из немецкого языка).

在俄国有三位具有重大划时代意义的学者留名本国汉学史。19世纪上半叶的代表物是Никита Яковлевич Бичурин尼基塔·雅科

夫列维奇·比丘林(1777—1853)，僧名为雅金夫，僧名为雅金夫，俄国中国学和东方学奠基人。俄国东正教驻北京第9届传教士团领班，修士大司祭，俄国科学院通讯院士。

19世纪下半叶的代表人物是Василий Павлович Васильев瓦西里·瓦西里耶夫(1818—1900)，瓦西里·巴甫洛维奇·瓦西里耶夫1818年2月20日出生于下诺夫戈罗德市。1834年考入喀山大学语文系东方分系，成了主持蒙语教研室工作的奥·玛·科瓦列夫斯基的学生。同时，瓦西里耶夫还进行了鞑靼语的研究。他曾经在中国生活过，对中国的文学、地理、佛学都很有研究，他给俄国汉学的研究留下了不可胜数的宝贵财富。

后来又出现了20世纪上半叶的代表人物Василий Михайлович Алексеев瓦西里·阿列克谢耶夫(1881—1951)，瓦西里·米哈伊洛维奇·阿列克谢耶夫，中文名阿理克。阿列克谢耶夫1902年毕业于彼得堡大学东方语言系。

我们阿列克谢耶夫其代表的阶段称为第三时期，而关于当代汉学的第四时期，我们把它界定到阿列克谢耶夫之后。

第三节　俄罗斯的东正教驻北京使团
（Русская духовная миссия в Пекине ）

根据《俄罗斯大百科全书》的记载，东正教驻北京使团是指：Русская духовная миссия в Пекине — церковно-политическое представительство Российской церкви и государства, действовавшее в Пекине п XVII—XX веках. Деятельность Миссии была организована в соответствии с внутрии внешнеполитическими интересами и задачами России. Она играла важную роль в установлении и поддержании российско-китайских отношений, была центром научного изучения Китая и подготовки первых русских синологов. Из-за отсутствия дипломатических отношений между обоими государствами служители миссии в течение длительного времени являлись неофициальными представителями российского правительства в Китае.

在中俄关系史上，有一历史现象极其特殊，它就是俄国东正教驻北京传教士团。当美、英等国"连跟两广总督直接进行联系的权利都得不到的时候，俄国人却有在北京派驻使节的特权"。马克思在《俄国的对华贸易》一文里提到的"使节"正是俄国东正教驻北京传教士团。俄国在1715—1917年两百多年间　共有18届传教士团驻华。1861年之前俄国驻华公使馆既充当外交家，又是文化大使，这种局面在19世纪60年代以后被打破并被固定在只向中国人传教。

俄国的汉学家们始终活跃在中俄文化交流的前沿，由于中国与俄罗斯山水相依这种特殊的地理位置，两国早就开始了互相关注。明朝末年的1619年，中国的万历皇帝曾致信俄国沙皇瓦西里·苏伊斯基表示与俄国互通往来的诚愿。无独有偶，从16—17世纪开始，俄国政府为了满足国家对政治及经济上的膨胀需求，也陆续向中国派遣外交使团和传教士团，这些因素也促使了俄国早期汉学家的出现。1917年以前，中俄文化之间进行交流主要是通过俄国东正教驻北京传教士团。1800—1900年俄国曾有彼特林、斯帕法里、巴伊科夫和义杰斯使团驻华。在他们所写的报告中除了记录了有关贸易的信息外，还有行走路线和沿途风物。遗憾的是，因为这些报告的机密性，无法广泛地影响到当时的俄国社会。除此之外，在早期"京师互市"期间中俄之间的交流也存在着很大的局限性，虽然俄国商人在出售货物的同时，也向中国的百姓展示了自己的语言、服装和风俗等，并买进中国的茶叶和棉布，让俄国的贵族和平民都享受到优越的中国制造，但这种交流仅限于物质层面。这种状况得到改观是在1715年传教士团来华之后，两国才真正架起了这座世纪文化沟通的彩虹。

中俄之间的文化交流是从宗教领域开始的，但是传教士团的文化活动却是遍布各个文化领域，包括文学、语言学、医学、哲学、教育、历史学、地理学、图书及美术等等，并不像我们想的那样仅仅局限在宗教领域。俄国人想要在北京建立传教士团，于是把维持雅克萨战俘的宗教信仰当做他们的托词。雅克萨（现名牙克石）之战，是沙俄侵略者妄图侵占中国黑龙江流域大片领土，中国军民被迫进行的一次反对侵略、收复失地的自卫战争。清康熙二十四年至二十七年（1685—1688年），中国军队为收复领土雅克萨，对入侵的俄军所进行的两次围歼战，是中国对俄的第一次自卫反击战，俄方称之为1649—1689俄中边境冲突（俄语：Русско-цинский пограничный конфликт,1649—1689）。

雅克萨战场

　　东正教入华始于17世纪，几十名中俄雅克萨战役战俘于1685年建立了第一座东正教教堂——圣尼古拉教堂。东正教正是中俄雅克萨之战后随着俄国战俘"阿尔巴津人"一起进入中国的。1710年康熙皇帝特别批准将胡家园胡同的一座关帝庙改建为教堂供阿尔巴津人使用，这就是北馆。北馆建立后不久，俄国本土就向中国派出了东正教北京传道团，之后彼得一世在1715年又将第一批传教士派往北京。当时的俄国继续侵略蚕食中国蒙古地区。清政府曾多次建议沙俄举行中俄中段边界谈判，均遭拒绝，被迫于1722年4月宣布中断两国贸易。沙俄政府担心中俄边界问题长期拖延不决，将使其对华贸易受到更大影响，加上同瑞典、波斯（今伊朗）连年作战，无力再在中国边境挑起战事，遂于1725年委派S.V.拉占津斯基为全权大使，同清政府代表察毕那、特占忒、图理琛谈判两国划界和贸易问题。清政府1727年按照《恰克图条约》规定，又出资为他们兴建了一座新教堂——奉献节教堂，直至1917年，俄国定期将传教士团派往中国。起初，俄国传教士来中国的目的是为那些已投降中国的俄国俘虏提供服务，并不是为了传教。1858年俄传教士发展中国籍教徒，都是雅克萨战俘的后裔或者是在俄馆里做事的中国人。

　　1715—1858年期间，共有13届俄罗斯传教士团进驻北京。其中

1858年前的13届传教士团均由沙俄政府直接委派（从1807年起，沙俄外交部向每届传教士团委派监护官）。由于俄国东正教会始终无法摆脱皇权的控制，因而使福音事工受到很大拦阻，在近150年间，仅有200名教徒入教，部分神职人员甚至沦为"恺撒的附庸"，负责收集情报资料，充当沙俄政府的参谋，逼迫清政府签订不平等的《瑷珲条约》和《北京条约》。

俄国传教士在进入北京的同时，几乎将所有的西方基督教传教士都驱逐到了澳门。但"天时"不占，迫于清朝禁教令的严规，俄国人不敢明目张胆地向中国人宣传东正教。1858年《中俄天津条约》签订之后俄国可以在中国光明正地自由传教。1861年，俄国成立了公使馆，将外交职能转变为传教职能。同年秋天，俄国传教士在北京城东定安村建立传教基地。传教士团在翻译和刊印东正教神学书籍方面上倾注了很大心血。俄国因义和团运动的失败获得了巨额的庚子赔款，其中就包括有对义和团烧毁公使馆的补偿款，由此，传教士团在中国设立主教区，大张旗鼓地在中国发展自己的势力。到1917年十月革命爆发前夕，中国的许多省份都有东正教势力的一席之地。在传教士团的文化活动中，成绩最为突出的是汉学研究，在此期间，涌现出一大批杰出的汉学家，瓦西里耶夫、比丘林和巴拉第成就尤其突出，被著名汉学家、苏联科学院院士阿列克谢耶夫誉为俄国汉学的三巨头。中国的历史与地理、哲学与宗教、语言与文学、社会与法律，甚至中国的经济、农业、天文等都成为了俄国汉学家研究的对象，并有许多相关著作传世。这些汉学成果充分体现了俄国传教士团文化活动的多样与丰富，以及对中国、俄国文化交流起到的相当重要的作用。第8届传教士团建立起来的传教士团图书馆，在1900年历经百年的建设之后，已有超过10000卷藏书，中国书籍数目庞大，此外，俄文、英文、法文和德文，甚至希腊文和斯拉夫文书籍也有很多。与此同时，传教士团的5位医生除了在北京行医外，还向国人传播了中国的传统医学知识。其中塔塔里诺夫等人对中医的研究已相当深刻,至今在俄罗斯的图书馆中还存有沃伊采霍夫斯基搜集的中国医书。画家列加舍夫和科尔萨林等也是来华的传教士团成员,为清廷的诸多王公绘过肖像,他们也为圣彼得堡美术学院带回了中国的颜料、墨和朱砂等物品。传教士团的文化活动对俄国社会产生了三个方面的巨大影响: 社会思想、汉学研究、汉学教育。传教士也成为俄国在中国培养汉学人才和研究中国的所在。1864年后传教士团成员中的一部分仍然一边传教一边研究汉学。

第四节 18—19世纪的俄罗斯"中国热"

18世纪的欧洲大地上, 掀起了一股"中国热"的大潮,被此潮流席卷的还有俄国。具有启蒙思想的俄国知识分子诺维科夫也像列昂季耶夫一样, 将宣扬儒家治国思想的译文发表在了其主办的《饶舌者》杂志上, 借此讽刺女皇的"开明专制"。同时, 沙皇还命令常驻中国使团的罗索欣和列昂季耶夫将《大清会典》、《八旗通志初集》等典籍翻译出来, 以此救国。罗索欣(O. K. Россохин)是俄国第二批访华的东正教教士团学员, 他于1729年来到北京, 1741年返回俄罗斯。在北京的这十几年间, 罗索欣已基本掌握了汉语和满语, 并任教于清康熙年间设立的第一所俄语学校"俄罗斯文馆"(1708年创办)。他的主要译作有: 译自《大清统一志》的《阿尔泰山记》(1781)、与列昂季耶夫合译的《八旗通志》(1784)、《三字经》、《千字文》和《资治通鉴纲目前编》等。《三字经》言简意赅, 意蕴丰富;《千字文》对仗工整, 颇具文采。列昂季耶夫(А.Л. Леонтьев)青年时代曾于俄国的汉语学校学习过满汉文, 在北京期间他曾担任过清廷理藩院的满语翻译。1755年回国后工作于俄国外交部和科学院, 后来又在彼得堡开办了中文学校。他曾与罗索欣合译16卷《八旗通志》，还译有《大清会典》（1788—1793）和《大清律》（1788—1799）等著述中国的政法史的重要书籍。最早被译介到俄罗斯的当属中国先秦散文中孔子的《大学》，继1779年作家冯维辛译为法文后，1780年列昂季耶夫根据中文版重新翻译后再次出版。1799年，列昂季耶夫又重译了《三字经》，后来收录到《三字经、名贤集合刊本》中。此书译本大获成功，被俄国誉为中国的"小型百科全书"。虽然俄国对中国文学的关注由来已久，但译介的作品也仅有50种左右，其中约32种是翻译作品，其他18种是评介文章和论著，翻译作品中知名的有出版于1827年的《玉娇梨》、1847年出版的《琵琶记》、1843年发表的《红楼梦》（第一回）等。19世纪俄国对诸子百家作品的译介已初具规模：《中庸》最早的译本是由俄罗斯帝国外交委员会译员阿列克谢·阿加封诺夫于1787年于伊尔库茨克（在开辟该总督区时）译出的《忠经》（或称《论忠的书》）；1788年出版了《孙子》，其最早的译文是格里鲍耶夫斯基由法文转译的《谋攻篇》；《论语》的最早译文是瓦西里耶夫院士（王西里）译出的（1884年版）；《孝经》可尼西译题为《论孝敬父母的书》（节选），载于《哲学和心理学问题》杂志1896年第3册；《孟子》最早的译文是波波夫译的《中国哲学家孟子》（译并注，1904年版），书中先是孟子传略，后是译文和注释，选译的是第一、二、四、五、六篇。在俄国最受重视的一家是中国先秦诸子中的老子，在他身上投入的翻译和研究的力量也非常多，堪比《论语》。早在沙俄时代汉学家丹尼尔·西维洛夫(1798—1871)就译出了《道德经》，并由喀山大学教授扎莫塔伊洛以《丹尼尔档案资料中未公布的〈道德经〉译文》为题予以发表。在1884—1910年的近20年的时光中，托翁共有将近10种关于中国哲学思想的著作和论文问世。

著名汉学家是西维洛夫（Д.П.Сивиллов），法号丹尼尔，他的卓越成绩表现在对中国古典文学、哲学、宗教和历史文化的介绍。他的著作有《中国儒释道三家简述》(1831)，并编纂了俄国第一部《汉语文选》(1840)，还译介了中国的《四书》、《孟子》、《书经》和《道德经》等重要的文化经典。

另一位不得不提的著名汉学家比丘林(Н.Я.Бичурин)，法号亚金夫，出生在坐落于喀山农村的神父家庭里，访华之前他在喀山担任修道院院长，又在伊尔库茨克出任过传教士学校主持，他总共编纂了6部字典、词典和语法书，其中《汉俄语音字典》(1822)共9卷，耗费他很多的心血；他为恰克图的汉语学校编制的《汉语语法》(1835)大受欢迎。他还翻译了涉及各个领域及学科的中国文化名著，直译了中国的儒家经典《四书》(1821)，又为自己重新翻译的《汉俄对照三字经》(1829)加注写序，并称赞该书为"19世纪的百科全书"；他还编译有《大清一统志》(1825)、《通鉴纲目》(1825)、《西藏志》(1828)、《成吉思汗四家系前四汗史》(1829)、《北京志》(1829)、《西藏青海史》(1833)和未出版的《儒教及其礼仪》等。他本人的学术著作有《中国，其居民、风俗、习惯及教育》(1840)、《中华帝国统治概要》(1842)、《中国皇帝的早期制度》和手稿《中国的民情和风尚》、《中国的农历》、《中国教育观》、《由孔夫子首创，其后由中国学者接受的中国历史的基本原理》等。

格奥尔吉耶夫斯基(С.М.Георгиевский)也同处于这一时期，也是一位卓越的汉学家。他曾在莫斯科大学历史语文系学习，后来又到彼得堡大学东方系深造，在1880年毕业后到中国访问了两年。他的硕士学位论文是《中国初史》，博士学位论文是《论反映古代中国人民生活史的象形文字分析》。他主要创作了《中国人的神话观和神话故事》(1892)等。19世纪俄国文学全面繁荣，如火如荼，一大批杰出的作家开始涌现，他们进行的创作使俄国文学一跃而起，很快在世界文学中名列前茅。

第五节　俄罗斯大作家笔下的中国
形象观（以屠、普、冈、托、契为例）

一、"中国的大头娃娃"与屠格涅夫笔下的"多余人"

《中国的大头娃娃与屠格涅夫》一文以非常有考证价值和数量巨大的具体史料，从翻译文学史的角度将中国自1915年以来对屠格涅夫进行译介和研究的情况作了总结。将我国最早译介屠格涅夫的人判定为陈嘏、刘半农和周瘦鹃等。我国在译介屠格涅夫方面成绩卓越的有巴金、沈雁冰、郑振铎、耿济之等。屠格涅夫的俄罗斯"多余人"形象在长篇小说《罗亭》中表现得淋漓尽致，作者令剧中人物开口，他用"中国的大头娃娃"（китайский болванчик）来比喻罗亭性格上的主要特点，即"行动的矮子，说话的巨人"，恰如其分。

二、俄罗斯诗坛"太阳"与"有礼貌的中国人"

伟大的诗人普希金被赞颂为"俄罗斯文学的奠基人"、"俄罗斯诗坛的太阳"、"俄罗斯文学之父"。在普希金的生命中，中国始终吸引着他：介绍中国的书籍他读过很多，有关中国的诗歌他也写过，他甚至还想过到中国访问。无论是过去还是今后，对于中俄两国的普希金研究者来说，普希金与中国的关系始终都是一个既有趣又有意义的研究课题。普希金现存最早的诗篇是《致娜塔丽娅》（1813），他写这首诗是为了向一位女演员表达爱慕之情，其中就提到了中国人："我不是东方后宫的统治者，/我不是阿拉伯人，也不是土耳其人。/请你不要把我当做/是一个有礼貌的中国人，/或是一个粗鲁的美国人……"普希金见到"有礼貌的中国人"可能是在剧团的演出上，如《赵氏孤儿》、《四书解义》、《谈中国花园》和《中华帝国概述》等普希金都比较感兴趣。在《鲁斯兰与柳德米拉》中普希金曾

提到过"中国式夜莺",普氏曾收到比丘林的礼物——他自己翻译
的《西藏现状概述》和《三字经》等书籍。普希金在进行《普加乔夫
史》的创作和编写彼得大帝的历史时,也查阅了一些介绍中国的史
籍。在普希金的诗体小说《叶甫盖尼·奥涅金》中,作者还提到了圣
人孔子。

三、冈察洛夫的中国形象观

戈宝权在《冈察洛夫和中国》一文中细致地探究并考证了冈察
洛夫在1853 年到访中国香港和上海的情况并作出了详细的分析,戈
氏指出. 这部游记高度评价了中国人民,表现出对中国人民所遭受
的压迫和苦难的深重同情,强烈谴责了英帝国主义的侵略罪行。这
部书不仅具有很高的文学价值,而且是俄国作品中第一部对太平军
起义进行描写的作品,具有一定的史料价值。在19世纪的俄国作家
中,对中国风土人情描写最为详尽的是冈察洛夫。《三桅巡洋舰帕
拉达号》一书中记录下了大量当时中国社会原生态风貌。有一段这
样的描述:"世上没有任何一个民族比中国人更谦和、善良、彬彬有
礼的了"、"在上海,我没有看到任何一个中国人对欧洲人投以嘲讽
的目光。他们脸上凝聚着恭敬而又胆怯的表情"、"多数中国人面相
衰老,剃着光头,后脑除外,那里有一根长辫直垂股际。他们脸上堆
着皱纹,无须,看上去同老太太的面孔十分相像,没有一丝一毫大丈
夫气"。清朝时代中国人的麻木愚昧在这里被深深地体现了出来。

四、中国的儒道墨学说与列夫·托尔斯泰

戈宝权在《托尔斯泰和中国》 一文中描写了自己在研究托翁与
中国关系,以及中国对其作品的译介方面的新发现。他将托尔斯泰
如何钻研中国古代哲学家老子、孔子、孟子著作的情况都描述了出
来。他还对与托尔斯泰通信的两个中国人之一的另一人进行了考
证,此人猜测为"张之洞"或者"钱玄同",而戈宝权则根据自己对
托尔斯泰博物馆中有关史料的考证,将此人判断为"张庆桐"并介

绍了其生平。戈氏也是中国译介托尔斯泰的历史第一人，认为1900年上海广学会出版的由英文转译的《俄国政俗通考》中的一段文字是最早介绍托尔斯泰的中文文字，他还认为我国最早出版的托尔斯泰作品的单行本是1907年由香港礼贤会出版的《托氏宗教小说》。列夫·托尔斯泰是19世纪俄国作家中与中国"精神关系"最为亲密的作家之一。托尔斯泰推崇中国的儒道墨学说，"特别敬佩"墨子的学说，因为他从墨子"兼爱"的思想上发现了与自己极力提倡的"全人类的爱"的相通之处。托翁认为"佛教学说、斯多葛派学说、一些犹太先知的学说，还有中国的孔子、老子和鲜为人知的墨子的学说"的普遍意义在于"心灵天性是人的本质。"

五、契诃夫的《萨哈林旅行记》

戈宝权在《契诃夫和中国》一文中叙述了19世纪90年代契诃夫到库页岛调查流刑犯和苦役犯时途经我国黑龙江省瑷珲市的情况，他认为，契诃夫对中国人民怀有极大的兴趣和好感，在他那部著名的《萨哈林旅行记》和后来的书信中提到过这一点。据他考证，中国最早译介的契诃夫作品是20世纪初由日文译本转译而来的《黑衣教士》。除此之外，他还介绍了"五四"运动以后中国对契诃夫作品的译介情况。

第三章 "五四"前后的俄国文学风

随着世界各地联系的日益加强,中国文学受俄罗斯文学的影响日渐深刻,中俄文学相互交流与融合。清末民初是中国文化重要的转型阶段,而"五四"时期中国文学处于俄罗斯文学热潮当中,李大钊1918年编著的《俄罗斯文学与革命》一书是中俄文学关系的新起点。俄罗斯"文学热"不仅表现在各大学者热衷于文学作品的翻译上,而且还表现在各学者对待俄国文学研究的深化上。总之,可归纳为以下两个方面:一方面是更加深入全面地介绍有关俄国文学及其作家作品,另一方面是系统地比较和研究了俄国文学史。中俄之间的文化交流相比我国与日本、印度等国文化交流要来得晚一些,其原因诸多:一是地理位置方面的,两国虽然互为邻国,但文化中心的距离却很遥远,又受到文化相对较为落后的西伯利亚阻隔;二是文化差异原因,这体现在两国文化类型和关注方向的长期存在的迥异。但是,即使障碍重重,也难以阻隔各民族之间相互交流与融合的趋势。

第一节 最初的俄国文学译本

我国元朝时期著名的《赵氏孤儿》,早在1759年就被译成俄文,又过了一些年,在彼得堡(今圣彼得堡)又出版了《中国思想》,其中收录了许多我国的民间寓言故事。相比对其他国家文学作品的翻译,我国对俄国文学作品的翻译相比其他国家开始得较晚一些。据戈宝权学者考证，我国最早引进的俄国文学作品大约是1900年上海广学会校刊的《俄国政俗通考》上刊登的3篇克雷洛夫寓言。而大学者陈建华先生却认为，俄罗斯文学进入民间百姓的视线应比这一时间还早30年，他指出，美国传教士丁韪良翻译的《俄人寓言》乃是最早被译成汉语的俄国文学作品，该文于1872年8月发表于《中西闻见录》创刊号。由此可知，俄罗斯文学进入中国迄今已走过了140余个春秋。普希金的《上尉的女儿》是我国首个以单行本问世的俄国文学作品汉译，该书于1903年出版，由上海大宣书局翻译，起初译为《俄国情史：斯密士玛利传》，还有一名《花心蝶梦录》。对"俄国文学之父"普希金作品的译注，标志着中国正式接受了俄罗斯文学，这一开端意蕴深远，充满了惊喜与期待。虽然俄国对我国作品的译介较之我国对俄国作品的译介要早，但中国对俄罗斯文学的接受却是开始自清末民初，其后更是势不可遏，这既体现在翻译作品的数量上，又体现在作品的社会影响上。出现这种状况的原因大抵是当时中国社会属于文化转型阶段，随着西学东渐的热潮，俄国文学作品也畅快地流进了中国的血液中。《俄国情史》出版后的10年里，相继有许多俄国作家的作品出现了汉译，这些作家有普希金、契诃夫、屠格涅夫、托尔斯泰、高尔基。与此同时，俄罗斯文学的整体风貌已被中国学者大致了解。因此，该时期我国对俄国作品的翻译大多只是"意译"，即由日文和英文转译而来，多译成文言文形式而不是以中国人的理解方式翻译而来。虽然戊戌变法未成功，但却在中国大江南北掀起了日益高涨的维新浪潮。有更多先进的知识分子们大胆主张"中体西用"、"洋为中用"。梁启超积极倡导"译书"，他认为，翻译小说才是译书的关键，因为"欲新一国之民不可不新一国之小说"，而与社会联系紧密的应属政治小说，最为流行的是侦探小说和"虚无党小说"。侦探小说大家都知道，但虚无党小说其实属于政治小说的范畴。阿英先生说，虚无小说属俄国小说之列。据他考证，早在清朝末年虚无党小说就进入中国，成为当时译著最多的小说。侦探小说主要从英、美、法引进，而虚无小说则由腐朽落后的俄罗斯帝国引入。虚无党人主张推翻帝制并采取暗杀的恐怖手段来达到自己的目的，这与中国革命党的作为不无相似之处。所以，具有进步思想的知识分子阶层极力推崇虚无党小说的译印。虚无党小说的出现是引起阿英先生关注的焦点，是研究早期中俄文学关系的关键环节，值得我们深入探讨。

　　"虚无"实际上就是指"无政府主义"。虚无党即是信奉无政府主义的一个政治团体。19世纪后期，在俄国所具有的特殊社会条件下，无政府主义广泛传播开来，当时颇具影响力的理论代表有俄国的巴枯宁（1814—1876）和之后的克鲁泡特金（1842—1941）。19世纪末期，部分俄国激进主义者组建了"民意党"，该党以推翻专制统治为首要纲领。随后召开了立宪会议，将自由民主作为追求目标，分配土地给农民，该政党还发行了秘密刊物《民意报》和《民意小报》。民意党的缺陷是将社会发展的希望过分寄托于知识分子身上，接受了无政府主义思想，将恐怖活动作为主要斗争手段。民意党多次利用阴谋诡计派人刺杀沙皇及其臣子，1881年3月刺杀了亚历山大二世。这件事发生之后，沙皇残酷镇压民意党。译介虚无党小说的高潮与以推翻清朝统治为目标的资产阶级革命高潮同时出现，是有一定的必然联系的。刊登过虚无党小说的还有《月月小说》、《中国白话报》、《新新小说》、《新小说》、《小说时报》等。影响深远的《虚无党奇话》，从侧面描写了一个凄惨的犹太人的家庭和主人公最终投身虚无党的坎坷人生。小说中，作者悲愤地对残酷的沙皇专制制度进行控诉，并明确地提出虚无党人的政治主张：此时俄罗斯帝国无论在财政上，还是在精神上，都应变革了。该小说主要阐明了"哪里有压迫，哪里就有反抗"的道理，宣扬了大义凛然的悲壮气息。虚无党小说《八宝匣》是直接描写虚无党人暗杀活动的一部作品，其亮点就在于对事件的正面描写。在虚无党小说中很大一部分的主旨都是描写虚无党人与沙俄爪牙的明争暗斗。在《俄国之侦探术》一书的最后，译者的批注充满了对虚无党人的赞美与崇拜。在《女虚无党》中，译者十分同情虚无党人对沙皇专制的反抗斗争，并通过在文章中插入议论的方式来大力赞扬和宣传虚无党人的爱国之心和追求自由平等的斗争宗旨，并极大肯定了他们"大无畏的献身精神"。梁启超旅美归来，他认为，在俄国凡是反对专制主义农奴制度的都是"虚无党"。这种见解对人们了解虚无党在俄国民主解放运动的发展进程中的历史地位具有相当重要的意义。虚无党小说在我国清末流行的现象是特定历史产物。即使虚无党小说的情节险象环生，其中的思想强烈反对专制制度，也最终因为文学价值较低而在辛亥革命结束后被国人彻底遗弃。

1840年后，中西方文化互镶互蕴。在中国文化受到影响和冲击时，西方传教士在中国创办的期刊起了重要的作用，这些刊物主要是为了向中国人介绍西方的政治及社会思想，传播西方的伦理观念和意识形态，还译介了许多关于科技的著作和少量的文学著作，对东西方文化交流起到推波助澜的作用。

第二节　俄国文学作品在中国的吸纳

中国文坛对俄国文学介绍的视角随着俄国文学作品越来越多地被翻译日趋扩大。例如，沈泽民的《俄国文学内所见的俄国国民性》、陈望道的《近代俄罗斯文学的主潮》、周作人的《俄国文学在世界上的位置》等，这些文章涉及了俄国文学的方方面面，特别是对俄国文学的特质作了较多阐述，其中由中国作者撰写的文章中大有自己感而发之的见解。

这时期，对俄国作家的介绍和研究慢慢扩大和深入。特别值得一提的是1921年《小说月报》出的那本《俄国文学研究》，近50万字，有大约一半的版面刊登了介绍和科学论文，其中大部分又是作家专论和作家合传。

郭绍虞的《俄国美论与其文艺》是中国第一篇专门论述俄国美学理论建构的文章。作者解读了别林斯基、车尔尼雪夫斯基和杜勃洛留波夫等俄国批评家的美学思想。关于别林斯基美学思想，作者从其发展的三个阶段及所受到的哲学思想的影响切入：最初是鲜霖哲学的思想，次为黑格尔哲学的思想，最后为黑格尔哲学左派的思想。他认为早期诗的目的在包括永久观念于艺术符号之中，诗人所表现的观念应符国民的心愿。中期受黑格尔一切现实皆合理的影响，此时对于艺术的观念，不偏重于理想，而以艺术家的美学思想为基调，车尔尼雪夫斯基美的本质是：美是生命，任何东西，凡是显示出生活或使我们想起生活，那就是美的。

在沈泽民的文章中清楚地传达出了一个信息：俄国革命民主主义批评家的艺术观是"为人生"的。沈雁冰文章论及的30位俄国著名作家中有不少还是第一次为中国读者所了解，以巴尔芒和勃列苏夫等人为中坚的"新派"的情况的介绍使读者大开眼界。国内的社会情形与西欧思想的传播浸润发生了互惠互镶的作用，产生了知识界中要求"个人权利"的新倾向。新派观点主张"艺术应以'美'为先决条件，不应以'道德'为衡量标准；艺术的真正魅力就是能直接诉之于意象。对此耿济之的观点有新意，他用较长的篇幅更加系统地介绍了果戈理、托尔斯泰、屠格涅夫等的生平与创作，在那个年代这些都是非常珍贵的。在中国刚刚开始介绍陀思妥耶夫斯基之时，文章能抓住陀氏创作的基本特色，作出这样的分析和评价，应该说还是相当不易的。也能见到研究其他重要的俄国作家的一些较有深度的文章。

胡愈之的《都介涅夫》一文是中国第一篇专门评价屠格涅夫的

文章,此文对屠格涅夫的生平与创作道路做了多方位的解读。而屠格涅夫和托尔斯泰在近百年以来的俄国作家中最为重要,因为二位笔神的盛出,俄国文学才真正变成了世界文学。不过,文章认为如果从艺术的角度看,屠格涅夫则更应该受到中国文坛的重视。从思想高度看,人们的目光多聚焦托翁。这一时期比较有影响的论屠格涅夫的文章还有耿济之的《猎人日记研究》和《屠格涅夫在俄国文学中的地位》、郑振铎的《父与子》、郭沫若的《新时代》。托尔斯泰是当时文学研究者、译介者的热议话题。刊物上发表的文章有张闻天的《托尔斯泰的艺术观》、松山的《托尔斯泰与鲍尔希维主义》、沈冰雁的《托尔斯泰与今日之俄罗斯》和《托尔斯泰的文学》、冰霜的《托尔斯泰之生平及其著作》、刘大杰的《托尔斯泰的教育观》、张邦名等人译的《托尔斯泰传》等。认为托翁作品中的妇女形象观是"男子之道——挣钱养家,女子之道——生儿育女,家庭主妇"。这时期比较重要的文章还有鲁迅为阿尔志跋绥夫、勃洛克、安德列耶夫和爱罗先珂等作品写的前言和后记,张闻天、耿济之用大量篇幅为果戈理和柯罗连科撰写评论等,体现了当时的研究趋势。

第三节　中国无产阶级文学的诞生

　　"五四"高潮过后,中国无产阶级文学正式形成。1923年以后,一些早期的从事文化工作的共产党人开始积极倡导初步的马克思主义文学主张,萌发了中国的无产阶级文学运动。1924年,中国无产阶级文学开拓者之一蒋光慈从苏联学成归国后专心致志撰写了《无产阶级革命与文化》一文。他顺理成章成为介绍俄苏无产阶级作品的第一人。蒋光慈从两方面阐述了无产阶级形成文化思想的必然性和无产阶级文化派的思想。

　　一直以来,茅盾先生创作的《论无产阶级艺术》被学者们一致推崇为是最早倡导无产阶级文学的力作，而此文是在《无产阶级艺术的批评》这部著作的基础上形成的。这两篇文章的共同之处是他们都指出无产阶级的艺术意识是纯洁的，并规定其标准，即以下三个要点：第一，从本质上说，无产阶级的艺术与民间的艺术有着天壤之别。民间艺术大部分是倾向个人，而"无产阶级的核心是集体主义、联合、斗争、合作"。第二，无产阶级的艺术不应该受到部队思想影响而失去自己的文化特性。第三，"应当区分无产阶级艺术和知识分子社会主义"。就这一话题来看其间有很多矛盾的观点：一是"无产阶级艺术和过去农民的艺术有很大的差别。无产阶级的精神是集体主义、非宗教、反家族主义的，而农民的思想多倾向于个人主义、家族主义、宗教迷信。二是无产阶级艺术意识"不具有兵士所有的对资产阶级抱有个人的憎恨心态"。三是它"缺乏知识分子阶层所共有的个人自由主义倾向"。苏联早期文学思想的倾向在于：初创期的中国无产阶级文学受到了"无产阶级文化派"思潮的极大影响；当时所倡导的无产阶级理论主张大多来源于苏联；茅盾在《我走过的道路》一文中认为，波格丹诺夫写这篇文章是想探讨"无产阶级艺术的各个方面"，并以此来确立自己新的艺术观。但是，这篇文章的某些方面却体现出他接受了波氏的似是而非的错位观点，尤其是所谓"无产阶级艺术的纯、新精神"的观点。波氏的错误理论诋毁了苏联文学的领军作用，中国文学也被引上某种歧途。在当时的特定历史条件下，"左"的东西确实迷惑了许多传播者的双目。这一历史现象，引起人们的深入思考并提醒人们引以为戒。

19世纪初，苏联早期文学的思想进一步浸润中国文学。当时我国出版的苏联文学作品有：任国桢编辑、未名出版社出版的《苏俄文艺论战》，冯雪峰译的《日本学者论新俄文艺的三种著作》，鲁迅节译托洛茨基的《文学与革命》。1928年初，创造社和太阳社倡导无产阶级文学的声势更加浩大。同时,我国还从苏联和日本大量引入了各种"科学文艺论"。在这一阶段流行着这样的观点:强调文学的阶级性及它作为阶级斗争武器的功能,阐明了产生无产阶级文学的历史必然性,并提出革命作家要确立无产阶级的立场和艺术观的要求,提倡无产阶级的文学艺术要以农工大众为主要对象,对否定和攻击无产阶级文学的主张进行有力回击。这些文章都将基础马克思主义理论知识和从苏联引进的文学思想作为理论基础。

第四节　俄苏马列思想的导入

基于对苏联20世纪30年代马克思主义文学理论的介绍和学习,我国的左翼文学界开始介绍马克思主义文学,它几乎与苏联同步。我国著名学者瞿秋白早在1932年就将恩格斯的书信翻译成了中文。不仅如此,他还撰写了《恩格斯和文学上的机械论》、《社会的早期"同路人"——女作家哈斯克纳斯》和《马克思、恩格斯和文学上的现实主义》等文章。另外,还有许多苏联早期马克思主义文艺理论家的作品被介绍到中国,如法拉格、梅林等。由于我国大大地接受了苏联早期文学思想中积极向上因素的影响,20世纪30年代中国左翼作家的思想水平在对马克思主义文艺理论的研究中得到了很大提高。许多作家重新认知了无产阶级文学,阐述了对人类文化的优秀成果更具宽容和接纳的精神,这也极大地加强了中国左翼文学与世界文学的联系。郑振铎主编并系统介绍各个时代的外国文学名著的《世界文库》很好地证明了这一观点。还有许多左翼作家企图以马克思主义思想为指导思想,结合客观实际加入现实的文艺思想斗争并对中国新文学的发展历程做出总结。这类作品有鲁迅的《对于中国左翼作家联盟的意见》、《中国新文学大系·小说二集·导言》,瞿秋白的《鲁迅杂感选集·序言》等。同时,左翼作家对鲁迅为中国新文学的发展所作出的巨大功绩建立了重新的认识，并将鲁迅当做标杆，粉碎了国民党对革命文化的"围剿"，彻底反驳了企图从根本上否定无产阶级文学运动的各种谬论。但是，中国文学运动的发展方向在左联时期却受到了十分严重的来自国内包括内因和外因的影响。冯雪峰于1931年译出了一篇全面反映"拉普"主张的文章，是"拉普"后期领导人法捷耶夫的《创作方法论》。有人认为，只要能将唯物辩证法熟练运用，并能够将阶级对立、群众反抗、党的领导和最终胜利这些主题很好地体现出来的作品就是好作品。在此之中还有另外一个重要的观点：无产阶级文学表现的"不是个人，而是团体"，"不是一个人，而是阶级"。波格丹诺夫和弗里契等人一贯主张这种所谓的"集团艺术"，他们主要想表达空泛的"集体主义的激情"，所以在叙事作品中不太注重刻画人物特点和突出典型形象。1932年4月"拉普"被解散之后，在苏联文艺界中展开了对"拉普"的批判。这件事在中国也同样引起了非常大的反响。同年11月，张闻天又用笔名"歌特"发表了纠正"左倾"思想的《在文艺战线上的关门主义》这篇文章。另外，不少左翼作家也开始静下心来作出反思。第二年的11月，周扬在苏联作家吉尔波丁的文章的基础上，创作了《关于社会主义与革命浪漫主义》的长文并将其发表，这是左联领导人第一次全面地批判"拉普"的"辩证唯物主义创作方法"和"系统阐述社会主义现实主义批判的基本原则"。周扬指出要把创作方法问题还原为全部世界观的问题，文章还认为："社会主义现实主义"创作的基本原则和前提是坚持"真实性"。1933年以后，左联更广泛地团结"同路人"作家，迅速形成了阵容强大的革命统一战线，将不少左翼作家从机械论的束缚中解脱出来。马克思、恩格斯逝世以后，列宁、普列汉诺夫、卢那察尔斯基等人的出现，标志着马克思主义思想的发展步入了一个新阶段。新中国对马列主义文论的介绍，也已积累了二三十年的历史经验。20世纪20年代，我国就开始了对马列文论的翻译工作。先后译介过马克思、恩格斯、列宁、里林、加梅林、普列汉诺夫、卢那察尔斯基等的文艺论著的中国学者有很多，如鲁迅、茅盾、瞿秋白、郭沫若等，他们都是中国现代文学的先行者和奠基人。鲁迅曾将这种文学理论的译介比作给起义的奴隶贩运军火。

一、列宁文论的译介和接纳

列宁是俄国无产阶级革命的创始人，他建立了世界上第一个社会主义国家——苏联，其论著是马克思主义文艺理论的重要组成部分。新中国成立后，我国先后出版了《列宁论文学》、《列宁论文学与艺术》等文学著作。上述书籍为列宁比较全面地论述文学艺术的书籍，即综合本。此外，我国还译出了列宁有关某一方面的专门性文艺论著，即专集。列宁的文论译著的面世，大大推动了其思想在中国的传播。

列宁的文艺思想是丰富的，经过总结我们得到了如下特点：一是坚持辩证唯物主义的能动的反映论，即包括现实主义在内的一切文学艺术创作和文艺理论的重要理论基础，进一步地论证世界的物质性，即物质的第一性、意识的第二性和世界的可认识性。二是在文学史上列宁首次提出了"党性原则"。党性原则的提出目的是为了反驳资产阶级所鼓吹的文学"绝对自由"。列宁对无产阶级文学是真正自由的文学作出了强有力的论证，他指出真正自由的文学"是为千千万万劳动人民，为这些国家的精华、国家的力量、国家的未来服务"，而不是为那些整日游手好闲，满脑子奢靡思想的"贵族"服务。列宁不仅强调了党性原则的重要性，还大力倡导艺术民主和创作自由。要确保人人都有依照个人喜好、按照个人思想创作的自由。三是列宁还提出了"两种民族文化"的学说。在他《关于民族问题的批评意见》一文当中，他指出"每一个现代民族中，都有两个民族。每一种民族文化中，都有两种民族文化"的著名学说。这一著名学说的重大意义在于指导正确评价阶级社会中民族文化,对民族文化遗产要批判地继承。四是列宁遵从辩证唯物主义的认识论,尤其看重的是文学艺术的认识作用。列宁在对列夫·托尔斯泰的7篇评论的文章中,严厉地批评了"勿以暴力抗恶"、"道德自我完善"等的"托尔斯泰主义",并认为列夫·托尔斯泰是俄国革命的镜子,列宁还极高地评价了高尔基的《母亲》,称它是"一本非常及时的书"。另外,列宁还在许多书信、谈话中,阐述了一系列重要的文艺问题,其中有反对文学上的颓废主义、支持新事物、文艺创作的典型化等等。

二、卢那察尔斯基文艺思潮的审美效应

卢那察尔斯基是列宁最好的战友,也是早期马克思主义著名的文艺理论评论家,同时也是戏剧家和政论家。他曾任苏维埃政府教育人民委员部长,管理全国的教育、文学、影视、戏剧、艺术、出版等工作,实际指导了当时的苏联无产阶级文艺发展。他积极倡导社会主义现实主义的创作。鲁迅先生早前于1932年就翻译并出版了他的文艺论著《艺术论》和《文艺与批评》。这两本书都是由鲁迅先生通过日文译本转译而来。除鲁迅之外还有许多诸如冯雪峰、林伯修、陈望道等也都翻译过卢那察尔斯基文艺理论的著作。当年我国左翼革命文艺运动的发展深受卢氏文艺思潮的影响。1958年,卢那察尔斯基的《论俄罗斯古典作家》的出版,成为我们借鉴俄国文学经验的奠基石,"文化大革命"之后,卢氏的文艺论著频繁地被翻译并广泛传播。在社会主义社会中他将现实主义分为肯定的现实主义否定的现实主义、等等多种类型。卢那察尔斯基还明确总结出社会现实主义的本质特征:"现实主义"即在现实的革命发展中对现实的真实反映,并不单单是孤立静止地描写现实。卢那察尔斯基用一座正在建设中的宫殿来比喻社会主义现实主义的真实性。他认为,社会主义现实主义的基本特征就在于,作家不仅要描写他的状态,

还要构建出他未来的蓝图。他还提倡多样化的体裁，他认为不仅应该有正剧，而且还应该有喜剧和悲剧。当时社会上一些人认为，社会主义社会中不会再有悲剧了，而卢那察尔斯基则认为，悲剧不仅会继续存在，还是必须要存在的。

三、普列汉诺夫的文学艺术观

普列汉诺夫是俄国社会民主党派的奠基人之一，也是俄国首个马克思主义文艺理论批评家。普列汉诺夫对丰富和发展马克思主义做出了巨大贡献，对我国文学理论也产生了深远的影响。鲁迅早在1930年就翻译并出版了普列汉诺夫的《艺术论》，吕荧还翻译过他的《论西欧文学》，曹葆华翻译的是合集中的《没有地址的信》，而丰陈宝、杨民望翻译了《艺术与社会生活》。除此之外，陈冰夷、程代熙等也翻译过许多普列汉诺夫的作品。除上述提到的之外，还有我国学者译的不少普氏的单篇文艺论著。普氏反对"为艺术而艺术"，提倡现实主义文学。普列汉诺夫不仅提出了艺术的创作来源于生活和劳动，还指出审美主体、创作主体是由生产劳动创造出的，提出"艺术的社会心理中介"的学说。普列汉诺推崇将现实主义方法运用到文学创作中，他对于文艺批评方面也有自己独到的见解。他给评论家提出了五点要求：一是文艺评论家应该客观、冷静地对待批评对象。二是文艺评论家的学识要丰富、思想要进步。三是文艺评论家应该探究作品的本源，将促使它们产生的社会条件一一弄清。四是文艺评论家应将艺术放到生活中审视，用生活中最常见的方式去影响读者。五是文艺评论家还应该亲自品评作品的艺术形式。

第四章 "译介之魂"与俄苏文学、文化的情结

　　中国近现代文化史上有一位里程碑式的、客观地留名于青史的大家, 提到他, 我们总能联想到很多, 他就是鲁迅。从1903年鲁迅翻译《哀尘》开始, 到1936年译完《死魂灵》, 在长达33年的翻译生涯中, 鲁迅留给我们大量的翻译著作和翻译理论的论述。他的伟大不仅仅表现在文学、思想和革命上, 还表现在他对翻译工作的杰出贡献上。鲁迅把毕生的心血投入了翻译和介绍外国文学的工作中。据不完全统计, 鲁迅一共翻译了15个国家、110个人的244种作品, 译文共达300多万字, 印成了33个单行本。

第一节 忧患的魂灵与精神界之斗士

　　鲁迅被称为"中国现代文学的灵魂", 他的作品体现了内外两面都与世界的时代思潮相一致的特点, 同时也突显了中国的民族性。鲁迅独具个人风格的民族新文学, 在中国现代文学的源头上具有重要的地位和价值, 它开拓和奠定了中国现代文学的传统。鲁迅是中国现代文学的奠基人, 但他的文学创作事业是从翻译文学起步的。他在翻译文学领域也是处在他的时代的最前沿, 他为中国现代翻译文学提出了自己的、不落俗套标新立异和意义深远的翻译理论, 并贡献了数量庞大的翻译作品。所以, 我们可以说: 鲁迅先生不仅是

中国现代文学的奠基人，还是现代翻译文学的开拓者。研究表明，鲁迅一生的文学活动始于翻译，也终于翻译。在鲁迅的翻译人生中他对俄苏文学和俄苏文学理论的翻译投入的心血最多，这些占他翻译总量的一半以上。正是在翻译外国文学作品的过程中，鲁迅深受启发才有了后期的写作。当我们拜读鲁迅的小说、杂文的时候，似乎总能看到他所翻译的外国小说的影子，如在《彷徨》中，我们似乎看到俄国作家迦尔洵的影子。鲁迅是向中国介绍俄罗斯文学的第一人。例如，俄国作家安特来夫的作品《默》、迦尔洵的作品《四日》，以及俄国作家阿尔志跋绥夫的中篇小说《工人绥惠略夫》，正是对这些俄苏文学作品的翻译，对鲁迅的文学创作产生了不可小觑的影响。大量的苏联革命作品也曾被他翻译，如《毁灭》中的"铁的人物和血的战斗"就对中国人民进行革命斗争和中国革命作家创作新文学起了不可替代的作用。除此之外，鲁迅还积极地支持俄苏文学的翻译新手韦素园、李霁野等出版译作，帮助他们创办未名社。果戈理、托尔斯泰、陀思妥耶夫斯基、高尔基等一大批俄苏作家的作品，也都是通过鲁迅介绍到中国的。而且鲁迅的生命是以翻译俄国作家果戈理的作品《死魂灵》而终止，这与他喜欢《死魂灵》有着很大的关系。再如1930年鲁迅不顾个人身体状况，翻译了法捷耶夫的长篇小说《毁灭》。之后还出版了曹靖华译的绥拉维摩维支的小说《铁流》。这两部小说对"铁的人物和血的战斗"的描写，深刻地影响了当时国人的小说创作，而且对在抗日战争中浴血奋战抗击日本侵略的中国青年产生了极大的鼓舞力量。鲁迅喜欢翻译果戈理的作品原因之一是鲁迅与果戈理之间存在许多惊人的相似之处：其一，两人家庭背景相似，都是来自偏僻水乡的一个仕宦家庭。其二，两人文笔相似，都是靠深刻的讽刺幽默文笔突显自身的智慧和文学才华。但在鲁迅的翻译人生中他有自己坚定而明确的目标——向中国人指明一条新的有价值的生存之路——"为人生"。《死魂灵》是鲁迅晚期最重要的翻译作品,是他不朽的绝笔更是一件艰苦的伟大业绩。它是鲁迅以健康与生命为代价而成就的。《死魂灵》是俄国作家果戈理的长篇巨作,描写的是俄罗斯地主的生活,这部巨著是一部具有高度思想性和艺术性的伟大作品。最让鲁迅钦佩的是果戈理对文字的精准驾驭及作品中所表现的讽刺艺术和审美风格,那种含泪的笑和无事的悲剧令所有读者为之震撼。他的民族忧患意识、对国人的劣根性的批判,是他的翻译人生带给我们的主要启示。忧患意识是中华民族传统文化中一个特有的价值观念,是一种社会责任感和对人间忧患的悲悯情怀,是支撑鲁迅精神世界的重要思想。因此,鲁迅被称为"20世纪中国最忧患的灵魂"。之后,再新世纪以来,也没有任何一位中国作家拥有鲁迅那样深刻的思想、犀利的笔锋、悲天悯人的情怀和顽强的精神意志,鲁迅对中国当代文坛产生了极大的影响。鲁迅至今仍然活在人们的心中、活在各种讨论和误解声中,这和他的忧患意识息息相关。尽管对鲁迅文学进行研究的论著不计其数,但把鲁迅作为翻译家的研究至今仍然是学术界的"冰山一角"。尤其是对于鲁迅"翻译家"的定位,学术界至今仍然存在着不同的看法和争议。所以,对鲁迅翻译文学的研究是非常有意义和价值的。其实只要通读10卷《鲁迅译文集》,就可以把鲁迅定位成翻译家。其中俄苏的文艺理论和文学作品的翻译在鲁迅的翻译人生中占据着重要的一块儿,几乎占译文总量的三分之二。由此可以看出,鲁迅与俄苏作家交往密切。鲁迅接触俄国文学早在日本留学期间就开始了。在其第一篇旨在介绍世界各国著名的摩罗诗人的文学论文《摩罗诗力说》中,介绍了三位伟大的俄国作家普希金、莱蒙托夫和果戈理。普希金、莱蒙托夫是通过摩罗诗人的身份对鲁迅的人格与心理产生了极大影响,果戈理则是鲁迅最早接触俄国传统现实主义文学的媒介。而《摩罗诗力说》的创作和对《域外小说集》的选译使得鲁迅深深地爱上了俄国文学。从1908

年的《域外小说集》到1936年的《死魂灵》，我们不难看出俄苏文学在鲁迅的翻译世界中所占有的巨大分量。胡适在《五十年来中国之文学》一文中也提出了自己的观点：周氏兄弟的"古文功底既是很高的，又都能直接了解西文，故他们译的《域外小说集》，他们翻译的小说水平确实很高"；茅盾对周氏兄弟也是连连称赞：（周氏兄弟）"从严格的思想和艺术的评价出发"，所作译著使契诃夫等外国作家"第一个以真朴的面目，与我国读者相见"。周氏兄弟在当时对俄国文学的品论最早受到关注的是对1907年载于《天义报》上的独应（即周作人）的一篇译文的跋语。其中对"虚无主义"思想的评论是这样的："虚无主义纯为求诚之学，根于唯物论宗，为哲学之一支，去伪振敝，其效至薄……"说到鲁迅的早期文学思想，最能体现这一点的当属《摩罗诗力说》一作，说这篇评论是中国学者对俄国文学作品的第一篇力评绝无夸大。在评论中，鲁迅先生着力分析普希金的创作特点及其在俄国文学史上的重要地位，认为普希金的早期创作是受到拜伦的影响。普希金长诗中的主人公虽然遭到放逐，但这与当时俄国社会的面貌密不可分。该文中，鲁迅大力提倡"摩罗诗派"，由衷赞扬了浪漫主义所富有的抗争意识，强烈希望黑暗的中国社会也能出现这样的"立意在反抗，指归在动作"、"求索而无止期，猛进而不退转"的精神战士。《域外小说集》一书之后也同样附有译者短小精悍的介绍。通过上述评论及介绍我们不难看出，鲁迅比当时的任何人都要了解俄国文学。他不仅和周作人一起在中俄文学往来的起始阶段译介了许多重要的文学作品，并且他自己说之所以走上文学道路，是因为俄国文学创作对自己的深厚影响。鲁迅现实主义文艺思想形成、确立到进一步发展的线索是在《域外小说集》、《怀旧》及前期的白话小说创作过程中形成的，顺藤摸瓜，可以看出鲁迅小说艺术的萌发、生长和成熟期。其实这主要源于俄国文学所带来的影响。"五四"以前对俄国文学作品的译介成为了"中俄文字之交"高潮到来的重要铺垫。他曾翻译过法捷耶夫的《毁灭》和果戈理的《死魂灵》这两部重量级的长篇小说，此外，他还译有俄苏文学中的中篇小说：雅各武莱夫的《十月》和阿尔志跋绥夫的《工人绥惠略夫》和童话《表》。不仅这些，俄苏盲人作家爱罗先珂的作品，他也大量翻译过，其中包括童话剧《桃色的云》、童话集《爱罗先珂童话集》和《俄罗斯童话集》，以及包含在契诃夫的8个短篇中的《坏孩子和别的奇闻》和被列入"同路人"作品中的《竖琴》。细想一下，鲁迅译介的俄国短篇小说和童话的数量以单篇来计算共71篇之多，作品的作者共有26名，7名俄国作家和19名苏联作家。鲁迅译介的《域外小说集》中有3篇作品是俄国作品。在鲁迅翻译的《现代小说译丛》第一集中有6篇俄国作品；在高尔基的《俄罗斯的童话》中也录入16篇"成人童话"；《爱罗先珂童话集》是由单篇童话合编成集的，其中共有13篇单篇童话；而《译丛补》收录了5位俄苏作家的7个短篇童话，再加上《竖琴》和《一天的工作》中收录的20个短篇童话，共计68个短篇。在众多的俄国作家中，鲁迅尤其欣赏契诃夫、安特莱夫、阿尔志跋绥夫、迦尔洵和果戈理。值得一提的是，俄国作家安特莱夫、阿尔志跋绥夫、果戈理之所以能够被中国读者所熟知，鲁迅对他们作品的译介或对这些作家的撰文介绍起到了关键的作用。鲁迅不仅推崇诸如法捷耶夫、高尔基这样的苏联作家，而且还特别欣赏"同路人"作家。

第二节　鲁迅与革命的文学同路人（ПОПУТЧИКИ）

　　革命的文学"同路人"在俄语大百科词典上这样解释："ПОПУТЧИКИ"—Термин «литературное попутничество» возник как термин литературно-политический. Отряд советских писателей, сотрудничавших с пролетариатом в годы восстановительного и вначале реконструктивного периода. Термин«литературное попутничество»возник как термин литературно-политический.

"同路人"是19世纪90年代的德国社会民主党,首次被用于文学是在20世纪20年代(托洛茨基)。苏联文学中的"同路人"是指资产阶级和无产阶级作家之间的一个作家群体,是由托洛茨基于1923年首先提出来的。"同路人"这一重要文学现象的存在,是由"同路人"在一定历史阶段的特殊地位、"同路人"问题引起的重大争论和当局的干预、"同路人"的命运及其对国家文学发展的影响等几个因素决定的。

"同路人"作家的悲剧命运,有其深刻的政治和历史原因。"同路人"是俄国一个特殊的作家群体,他们在俄国专制社会中成长,了解那个社会,同时又厌恶那个社会,用犀利的笔触抨击那个社会。他们希望变革社会,同情革命,但又抱有怀疑。鲁迅晚年翻译了大量"同路人"文学,他对"同路人"作家评价很高,不仅是从艺术的角度,也是从思想的角度。而且,鲁迅在很大程度上把自己看成与"同路人"类似的作家,而非革命作家。他关心"同路人"作家在苏俄革命政权建立后的命运,有几分惺惺相惜的味道。1922—1923年一些关于当代俄苏文学的文章曾被托洛茨基写过,并且《文学与革命》的第一部是由这些文章组成的,其中第二章就名为"革命的文学同路人",这是首次将"同路人"概念用于文学批评。

知道了"同路人"的概念,那么"同路人"作家又是怎么回事呢?对此,人们各有解释,说法不一。"拉普"作家认为,苏联作家中的所有"不理解无产阶级革命和文学前景"和没有加入"拉普"的(包括高尔基、马雅可夫斯基等)都是"同路人",这一用法带有鄙视色彩。而在论战时处于同一方的托洛茨基和沃隆斯基,他们二人对于"同路人"接受革命的概念却有不同的理解。在托洛茨基眼中,"接受"

革命是指部分地、有条件地接受，而全部、无条件地接受是沃隆斯基眼中的"接受"革命。虽然观点不同，但是他们的身上都体现了"不问政事和沉迷艺术"的小资产阶级属性，根据这一点我们仍可以区分他们的界限。我们的判定依据是"谢拉皮翁兄弟"团体及其他团体作家创作的短篇小说集，这两个团体不但关系密切而且创作主旨也相近。在鲁迅短篇小说集《一天的工作》中也有两篇属于"同路人"的文学作品，而属于"无产者文学"的小说是其余的8篇。鲁迅选取这两部短篇译文集是将其看做了"新俄作家二十人集"。

鲁迅尤为关注"同路人"文学，从1925年4月校订《苏俄的文艺论战》和编写前记再到1936年10月16日为《苏联作家七人集》写序，这一时期鲁迅开展了大量翻译工作。他辑译的主要为"同路人"作品的小说选有小说集《竖琴》、《一天的工作》，还有被译成中文的毕力涅克（即皮利尼亚克）、淑雪兼珂（即左琴科）、雅各武莱夫、聂维洛夫等人的单篇和中篇作品。鲁迅翻译的首篇苏联文学作品是"同路人"作家皮利尼亚克创作的散文《信州杂记》，布哈林翻译的《苏维埃联邦从maximGorky期待着什么》中的《温和的共产主义者》则是他翻译的首篇论文。"同路人"作家在他所评论的苏联作家中所占比例很大。因此，想要更全面认识、研究鲁迅与苏联文学的关系，就必须要研究鲁迅与"同路人"文学的联系。虽然"同路人"文学的存活时间很短暂，但是在20世纪20年代前期它与无产阶级文学在当时的影响可以说是相同的，所以"同路人"文学带来的影响力仍然不可小觑。

研究鲁迅与"同路人"作家之间的联系，也加深了我们对鲁迅与苏联文学关系间的认识。我们在鲁迅与俄苏文学的比较研究中还应该注意研究鲁迅与俄苏"同路人"作家之间的关系。目前，这一课题虽已引起人们的注意，但还有待深入研究。王著的《鲁迅前期小说与俄罗斯文学》并未研究"同路人"文学，只是比较研究了鲁迅与俄罗斯古典作家。目前就鲁迅与"同路人"作家的问题进行论述的只有李春林主编的《鲁迅与外国文学关系研究》中的一章,也仅仅局限于简略地分析鲁迅所译的短篇小说集《竖琴》。文章认为鲁迅是一位共产党同志,尤其当阐述鲁迅与"同路人"作家的关系时。显而易见,这是在延续瞿秋白在《鲁迅杂感选集序》中对鲁迅的定位,而且这种对鲁迅价值的定位观念是主流的。直至20世纪70年代末,这种思维定势仍然没有被破除。虽然鲁迅研究大家唐强、王瑶等对瞿秋白式的鲁迅思想发展过程"从进化论进到阶级论"产生过质疑,但他们提出的也只是"从革命主义到共产主义"的观点。有一点是值得肯定的,鲁迅在1928年就开始大规模地译介苏联"同路人"作家的作品及苏联文坛评价"同路人"问题的一些论著,也就是说是在开展"革命文学"论争并产生了中国文学"同路人"问题之后。在后半年,无产阶级文学被创造社、太阳社积极提倡,首先从鲁迅下手,激烈批评了"五四"以来的新文学,这使得鲁迅对译介苏联文学尤其是"同路人"文学怀有了更大的热情。他认清了创造社和太阳社中许多学者的真实面目,他们披着革命文学家和革命文艺理论家的伪装,高呼革命口号,却犯了否定和排斥一切非革命作家的极左错误,错误判断了当时中国文学队伍的状况。因此,鲁迅试图从苏联文学中找到根治极左错误的一剂良方。冯雪峰对此问题有较为全面的看法,认为鲁迅被创造社攻击主要有四个原因:"左倾"机会主义路线的深刻影响、创造社小资产阶级急性病的思想情绪的体现、日本福本主义产生的副作用、创造社的宗派主义。第一个原因是最致命的。鲁迅论著的重点"发展革命文学论争"的爆发,让鲁迅不得不进一步把注意力放在马克思主义文艺理论的研究和介绍上。普列汉诺夫的《艺术论》、卢那察尔斯基的《艺术论》和《文艺与批评》,鲁氏不仅及时地向中国人民介绍了这些重要论著,并且精彩评述了这些俄苏文艺论著,他高度肯定普列汉诺夫对马克思主义文艺理论的贡献,并指出,创造社逼着他看了几种科学的文艺论,明白了原先的文学史家们说了一大堆还是弄得自己云里雾里的利益文,并且因此翻译了一本的普列汉诺夫《艺术论》来纠正自己——并因自己及别人的只信进化论的偏颇,他对这表示感谢。这段记录告诉我们,俄国文学是俄国劳动阶级文学的大本营,它的理论和实践对现在的中国是有很大好处的。

俄苏文学思想存在良莠不齐,鲁迅努力辨别方向,使自己的认识水平有所上升。不管是反动派的"力禁"还是某些革命者的"空曀"都无法妨碍无产阶级文学的历史规律被鲁迅 语道破,鲁迅认为摆脱机械和教条是中国的无产阶级运动的当务之急。显而易见,鲁迅是站在真实而谨慎的立场来介绍苏联文学思想的,其评论有的放矢,在此影响下,鲁迅思想有了突飞猛进的发展,对无产阶级运动的一系列观点中,都可以看到马克思主义文艺思想的印迹。鲁迅正确地批评某些人对文艺的社会作用的夸大,并提出绝对没有"旋乾转坤的力量"。那种把文学说成是"阶级意欲和经验的组织"、"宣传工具"的观点是"踏了'文学是宣传'的梯子爬进唯心的城堡里去了"。他充分肯定了文艺的自身价值,同时也认识到革命文学"当先求内容的充实和技巧的上达"。鲁迅不仅反对来自右的方面的否定文学阶级性的观点,也反对来自"左"的方面的过分强调文学阶级性的主张。鲁迅深入解读苏联文学,取其精髓,深刻理解马克思主义文艺思想的精神实质,以理论指导中国无产阶级文学运动走向新的高潮。由此我们可以得出结论,我国的文艺队伍,尤其是创造社和太阳社的一些骨干成员,受到了"左倾"教条主义思潮的严重影响。在对中国革命的形势、性质和任务的错误的认识之下,他们固执地认为中国革命处于上升状态,并不是处在消沉中。"总爆发"随时会到来,敌人处在"垂死的挣扎"的状态,而我方要时刻准备着。在这种情况下,一种观点即小资产阶级已经随大资产阶级瓦解而"叛变"，只有当"小资产阶级下降为无产阶级的时候，才成为革命战线里的一员"被他们提出。而且在认识当时的作家时，"拉普"作家严厉压制"同路人"的情况也对他们产生了不可小觑的影响。重新划分文学队伍和开展"全部地批判，开展理论斗争"活动，是当时创作社主要倡导的观点。他们认为小资产阶级不具革命性，首先把大部分作家划入小资产阶级之列。由此产生了一个过分简单的公式：作家=小资产阶级=反革命。综其种种，他们对"五四"以来的新文学的评价是错误的，把鲁迅作为小资产阶级和"趣味文学"的代表，认为是他阻挡了革命文学的"转换方向"，从而对其展开大力攻击。可见鲁迅对俄苏文学的关注程度。

鲁迅在为《域外小说集》题写的序言中写道"《域外小说集》为书，词致朴纳，不足方近世名人译本，特收录至审慎，迻译亦期弗失文情"。这本伟大的小说集无疑为当时的翻译界开辟了一条全新的道路。首先，译者选择作品带着明确的目的性，即作品一定要能帮助人们"转移性情、改造社会"；其次，它使得随意改动原作的风气有所收敛，译者需采用直译的方式来保持原文的意义，也保留原作的格式。《域外小说集》在当时仅售出了41册，其影响可谓是微乎其微，但它开创了翻译史上保留原作实义的先河，算是一大功绩。

第三节　鲁迅与俄苏文学

在中国文学史上，对鲁迅文学与俄苏文学的比较研究也是硕果累累。其中，在1939年，罗荪就写了《苏联文艺的介绍者——鲁迅先生》一文。最早出现的论述鲁迅与俄国作家关系的专文，应属赵景深的《鲁迅与柴霍夫》（发表于1929年6月）。鲁迅十分喜爱的俄国作家是果戈理，其作品特点对鲁迅有深刻的影响，鲁迅与果戈理阐述的讽刺艺术分别侧重于象征和写实。鲁迅对讽刺艺术理论和各种文体讽刺艺术都有自己独到的见解。鲁迅与契诃夫都为各自国度的文学革新而耕耘,二者倾心塑造小人物形象、社会环境的惊人相似和两位作家强烈的社会变革责任心意识异曲同工。鲁迅与托尔斯泰的文学思想异同点表现为两位大师都是伟大的人道主义者,都是农民阶层的代言人,文学作品都直面现实人生,执著于现实主义,又有差别:鲁迅作品涵容了现代主义的一些因素,托尔斯泰把批判现实主义推向高峰。

冯雪峰对鲁迅文学与俄罗斯文学的比较研究是最为显眼的,冯雪峰(1903—1976)是中国现当代文学史上最著名的马克思主义文艺理论译介者、诗人和马克思主义文艺理论批评家,同时又是著名的党的文艺领导人和鲁迅研究专家。我国20世纪40年代末50年代初,有一座比较研究鲁迅文学与俄国文学的高峰,这座高峰又对日后比较鲁迅与俄国文学的研究,即冯雪峰的《鲁迅与果戈理》和《鲁迅和俄罗斯文学的关系及鲁迅创作的独立特色》产生了重大影响。再来谈谈研究鲁迅与俄苏文学关系的另一重大成果,即王富仁的专著《鲁迅前期小说与俄罗斯文学》,这本著作"学术锐气很充沛,思辨色彩也很强"。李春林的《鲁迅与陀思妥耶夫斯基》可以看做是王著的延续和姐妹篇。这是袁良骏先生对这本著作的评价。继冯著之后,彭定安又创作出了比较研究的典型——《鲁迅的〈狂人日记〉与果戈理的同名小说》。

对鲁迅和契诃夫进行比较研究的重要作品有林兴宅的《〈离婚〉与〈小公务员的死〉的比较研究》,而深刻剖析鲁迅对于俄苏文化接受的历程及思想变化轨迹的是孙郁的《俄苏文化影子下的鲁迅》。

研究鲁迅与列夫·托尔斯泰并不如研究与其他俄国作家的关系那样狂热,却也不乏佳作。另有一些佳作写的是关于鲁迅与阿尔志跋绥夫、安特莱夫、屠格涅夫及爱罗先珂的比较研究,如周音、李克臣的《试论鲁迅的〈狂人日记〉与安特莱夫的〈墙〉》。而张铁荣的《试论鲁迅前期创作所受阿尔志跋绥夫的影响》、汪晖的《略论"黄金世界"的性质——鲁迅与阿尔志跋绥夫观点的比较》和程致中的《鲁迅对阿尔志跋绥夫的接受与超越》是介绍鲁迅与阿尔志跋绥夫的比较研究。当在比较和研究鲁迅与苏联文学的关系时,高尔基、法捷耶夫、普列汉诺夫、托洛茨基的文艺理论同样与鲁迅作了比较研究。所以,鲁迅与俄苏文学的比较研究领域被极明显的拓广了。在这一时期,鲁迅与俄国古典文化比较中最令人感到新颖非常的文章(至少是其中之一)当是毕玲蕾的《魏连殳与皮却林》。此文中提到鲁迅曾有意译介莱蒙托夫的《当代英雄》,后来却由于某种原因"未及译",但他译介的《孤独者》与《当代英雄》却有着内在联系,魏连殳和皮却林同样是有着双重性格的悲剧人物。他们都曾英勇反抗旧势力、旧思想,可是由于时代的局限和沉重压迫、旧思想和旧势力对他们迫害,他们逐渐甘于堕落,走上了自灭的道路。更具有悲剧色彩的是,他们自己又不断地反省和谴责自己的作为。他们最终分裂成了两个人,一个是他们实际存在的肉体,另一个却在时时刻刻客观地评价着他们所做的一切。

在鲁迅与果戈理的比较方面同样成果颇丰。叶征洛的《鲁迅与果戈里》比较了《狂人日记》,《阿Q正传》与《外套》等作品的异同,写得较为简化。而徐越化的《从异域同心谈起——俄中〈狂人日记〉比较论》是众多同类作品中最为夺目的。作者眼里的"同心"就是指导鲁迅与果戈理的创作的思想相同,都是"为人生"。所以两人有着相似的艺术构思,有着相似的"忧愤",即憎恨封建腐朽制度,关心人民大众的生活。而不同点在于:两个"狂人"在反对封建主义的高度、宽度、方式和出发点等方面产生分歧;同时,在对待人民大众方面也有差异。文章在探究二人差异方面具有更高的价值。

对鲁迅与陀思妥耶夫斯基的比较研究,也同样推陈出新,尽管在数量上几乎可以说成是绝无仅有。冒键在《双重艺术事件与"摩天祭坛"——鲁迅与陀思妥耶夫斯基小说创作之比较》一文中认为，鲁迅双重艺术世界的形成，源于对国民灵魂的无情揭发，而陀思妥耶夫斯基的"摩天祭坛"的建立更是源自他对灵魂的残酷拷问，他们都攀上了现实主义小说创作的高峰，并有赶超现实主义之势。两人都本着崇高的精神进行创作，鲁迅希望通过自己的努力将麻木不仁的民众唤醒，使他们改掉奴性，而陀氏请命的人是"受屈辱"和"人人抛弃"的人。"人"和思考"人"的价值是他们艺术创作的着眼点。人生、社会、历史、现实，乃至未来都会被他们的深邃思考贯穿，也被融入了他们所刻画的经典人物形象中，这样一来，典型人物就站在了哲理的高度上了。他们的现实主义都具有象征性，不同的是鲁迅追求的艺术境界是严峻象征主义，陀氏则把崇高象征主义当成其所追求的艺术境界。陀氏把哲学的象征意义赋予到黑暗又困苦的现实世界，他用自身罕有的非凡的思想、感情和形象，构造了一座摩天祭坛。在那里可以欣赏精彩绝伦的诡辩、"圣痴"的疯癫、精密的分析，以及用宗教人物的思想和远见卓识来笼络读者。而鲁迅并不主要通过象征性的事物来创造出一个严峻象征主义的艺术境界，他的实现方法是刻画那个带有历史悲剧和时代创痕的现实世界，以及生活在这个世界里的一系列象征性的生动形象，即沉默的国民灵魂的群体。鲁迅牢牢抓住象征的两大特点——包容性和暗示性，从而来升华作品中描摹的现实世界和现实世界中一系列形象的思想感情，从而创造出相较于现实世界更有深度和内涵的审美世界。鲁迅小说象征的核心就是：将其小说变成双重艺术世界的力量和暗示——这个世界住着沉默的国民的灵魂，住着哀凄和冷漠，上演着历史悲剧和民族古风；而国民的灵魂的系列形象组成了另一个的象征世界，在这里，历史意义和当代精神交相辉映并对未来进行关照，又让后世激动难安，从而奋起超越。此文在对鲁迅与陀氏所创造的象征世界的比较中，具有很大的新意和深度。但文章对陀氏的论说仍然不十分透彻。作者似乎并不熟悉陀氏的全部创作，所以在著述时将伊凡·卡拉马佐夫、斯塔夫罗京一类"强者"形象都加入到"被侮辱与损害的人们"之列。虽然这些人同样有着悲惨的结局，但他们都是思想与群众对立的"强者"，与陀氏作品另一组杰尼式庚、涅莉、娜斯泰霞这些真正的"被侮辱与损害的人们"形象有着很大的区别。

在鲁迅与俄罗斯文学比较研究中，鲁迅与托尔斯泰的比较研究是其中最为薄弱的环节，成果鲜见，且大多局限于对二者思想的比较。较具代表性的是张华先生的力作《鲁迅和托尔斯泰》，而王晖的《托尔斯泰和鲁迅的农民题材创作比较》则是真正地开始对两位伟人的创作进行的比较。文章指出，首先，两位作家的创作题材都是农民，这与他们所处的时代和国情密不可分；其次，各自的生活经历也成为原因之一。两位作家通过现实主义的手法真实地再现了农民的深重苦难，但在看待问题时都是站在上层阶级。他们的作品都反映了农民问题的实质，区别在于鲁迅更为激进，着力描写农民的反抗精神；而托尔斯泰只是单纯地局限于要传扬忍耐、爱和宗教。不可否认的是，这一平行研究课程所包含的内容众多，一时半会不可能解释清楚所有问题，要经历更深一层的探讨。而关于鲁迅描写农民是从上层社会角度的说法，也需要进行更深层次的讨论。鲁迅似乎是从两个视角来写农民，表层似乎是以上层社会视角来写，但里层就完全深入到农民的精神世界之中了，对广大农民的同等关照和感受，或许这才是鲁迅与托翁在描写农民方面的最大不同。而王雨海的《追求完善的必由之路——比较鲁迅与托尔斯泰的忏悔意识》的偏重点是鲁迅与托尔斯泰的忏悔意识对世界文学和文化的发展有重要的启示意义。王雨海认为鲁迅和托尔斯泰的忏悔意识表现为忏悔主体的自觉性、忏悔内容的深刻性和忏悔过程的连续性与持久性。同时,他们在忏悔的终极指向、忏悔的具体内容和忏悔的方法上存在着明显的不同。鲁迅与托尔斯泰都在忏悔中完善自我,但二者的指向、内容和具体方式存在着较大差异。独立性和意志力,以及他提倡的健康的个性主义忏悔是鲁迅忏悔的方向,而托尔斯泰提倡向上帝忏悔。托尔斯泰将自我忏悔和自我完善的过程用文学创作的方式表现出来,这充分体现了他的虔诚。与此同时,他们忏悔的深刻性是空前的。他们都是从一个普通人难以触及的高度进行忏悔,突出了忏悔的意义。鲁迅是站在真正人的高度对自我进行忏悔的。在鲁迅看来,人本身的内涵是独特的,它既不是中国社会中奴性的人,也不是西方资产阶级所标榜的个性主义的自私自利的人,而是意志坚强、独立自主、顽强不屈、爱憎分明、有血有肉的活生生的人。鲁迅与托尔斯泰的忏悔意识深刻地影响了我们的行为,作家在创作时会带着强烈的忏悔意识和鲜明的忧患意识。而且,忧患意识引导下的文学创作更接近文学是人学这一命题,更使广大人民群众喜爱,这种创作在文学史上永垂不朽。而当今文学家欠缺的就是这种忧患意识和忏悔意识,所以文学的发展离不开这两种意识。

比较鲁迅与契诃夫,在对鲁迅与俄国古典作家的比较研究中仍然火热。尽管对二者的研究在数量上不如对鲁迅同果戈理的比较研究,但对这二人的比较研究在实质上超过了对鲁迅与果戈理的比较研究。朱寿桐、姚公涛所著的《试论鲁迅与契诃夫小说的反语技巧》中提到,鲁迅之所以推崇契诃夫,其中一个很重要的因素就是,这两位小说大师的反语技巧存在某种意义上的契合,两人都具有适合运用反语表达的基础,其相同点表现在二者的逻辑和思维方法上。本文篇幅不大,但是描写极为精细。而王丹在《鲁迅与契诃夫创作比较论》中提到,鲁迅与契诃夫具有同样的思想本质与精神实质,具体表现在这些方面:都执著地向往和追求着真理;都具有仁爱与真诚的良好品质;都实事求是,绝不盲从于政治;都痛恨一切不真、不善、不美的现象；都勇于开拓创新，致力于改革本国文学艺术。这篇文章很有些新鲜的见地，只可惜论述尚不完善。许多对鲁迅与契诃夫进行比较研究的学者都提出，《祝福》与《苦恼》是很相似的。专门对此问题进行比较的文章有郭惠玲所著的《两颗孤独痛苦的心灵》。文章中这样写道：《苦恼》与《祝福》都"以客观蕴涵深刻"、"以环境展示人物悲剧"，《祝福》更为深刻的原因在于，对于《苦恼》的主人公姚纳来说，地狱里还有公平可言，但是对祥林嫂来说，地狱只是更加严酷的火坑；两文的主人公都通过"诉说"来表达自己的精神世界，但姚纳丧子后，"有苦无处诉，只能向小马诉说"，而祥林嫂"有苦有处诉"，却让自己的痛苦成了别人茶余饭后的调侃，这种表现手法奏响了整个作品批判主题的最强音。显然，此文的重点在于探讨两部作品的异曲同工之处。

关于鲁迅与阿尔志跋绥夫的比较研究，向来是一个热门话题。就此问题程致中先生专门撰写过两篇颇具代表性的文章：《〈示众〉的文学渊源和艺术创造》和《鲁迅对阿尔志跋绥夫的超越》。前者是对二者作品的具体比较研究：鲁迅的《示众》与阿尔志跋绥夫《工人绥惠略夫》第十三章所描写的"示众"场面极其相似，通过比较不难发现二者在文学方面的联系，也可对鲁迅创作的独特之处窥见一斑。二者在题材的选择上也非常相似，但鲁迅并没有描写英雄的悲剧，只反映出众生百态。前者主要对两位作家的思想做出比较，阿尔志跋绥夫为被压迫者发出正义的高呼，将在这个"不可救药的社会"中群众对革命者的漠视体现得淋漓尽致，这激发了鲁迅同样的情感。同时，鲁迅也深深地被其震撼：阿氏不认为未来会出现没有矛盾和痛苦的黄金世纪、"幸福和自由的人间界"，因此鲁迅也意识到实现共产主义的艰巨性。相比阿氏，鲁迅是先进的：对阿氏提出的"破坏一切"的个人无政府主义观点进行强烈反对，并把批评的矛头由无知的群众转向自身存在弱点的改革者。从文章主旨来看，两者都主张报复社会，但鲁迅并不想以拯救的名义屠杀人民。从对场面的描写看，《工人绥惠略夫》对人物、事件和环境的描写点面结合，趋于立体化，而《示众》更加丰富多彩，标新立异：首先是居高临下地俯视，通览全场的人物、事件和环境；其次是同样将点面结合的方法运用到作品中；再次是赋予笔下的场景生动化和形象化。此文主要的是影响研究，又与平行研究沾边。这样比较更加凸显了《示众》的特点。

刘鲁迅与列大·舍斯托夫进行比较研究的文章是魏韶华的《旷野报告》。此文寻找鲁迅与列夫·舍斯托夫的精神联系是通过抗争精神和存在主义等角度，并认为鲁迅最终能够达到舍斯托夫的境界是受到陀思妥耶夫斯基、尼采、克尔凯郭尔的精神影响。事实上是这样的，文章着眼于鲁迅与舍斯托夫的关系，目的是对鲁迅精神世界中强烈的存在主义倾向进行再探究。本文可以说是研究鲁迅的新起点，全文热情饱满，理论密度很强。

袁荻涌的《鲁迅对苏联文学的认识与译介》则将鲁迅译介俄苏文学的情况展现给我们，重点探究了他对苏联文学尤其是对高尔基的认识的变化、发展轨迹，认为鲁迅对苏联文学作出的基本评价是：苏联文学是原苏联人民精神和意志的体现；苏联文学是对原苏联人民生活和斗争的讴歌；苏联文学充满强烈的战斗精神和民族意志，为中国读者进行顽强斗争注入了精神力量。鲁迅译介苏联文学的基本特点是：首先，服务于中国当时的革命斗争；再者，具有广阔的视野，透彻的论证；另外，具有高度的自觉性。文章的不足之处在于过分注重鲁迅自身的论述，如果能适当地从历史和美学的角度评价一下苏联文学作品本身，再加上鲁迅本人的论述，文章就不会显得单薄。

王福湘的《鲁迅与"同路人"文学》对鲁迅译介俄苏"同路人"文学进行了介绍，同时又考察了鲁迅对马克思主义文艺理论的赞同与接受。文章说,鲁迅在译介"同路人"文学时,既洞悉了"同路人"的矛盾心理,又暴露了自身思想上的复杂矛盾。此文的特点在于:对于鲁迅与某种外国文化的关系,以及鲁迅自身复杂的深层矛盾的研究力透纸背。从这一点来说,此文与姚锡佩所著的探讨鲁迅与西方哲理关系的长篇见解相同。

张直心《比较视野中的鲁迅文艺思想》是鲁迅与外国文化的比较研究进入深入期的一部力著。这部专著最能体现此时期特点在于它的深入。全书共分8个部分,对鲁迅与俄苏文学思想的关系等基本问题做了重点论述。第1部分,偏恃意力——鲁迅接受俄苏文学思想的"先结构"。该部分认为鲁迅前期的文艺思想与其所具有的诗人气质,以及偏重主观表现的中国传统审美心理等组成了鲁迅接受俄苏文学思想的基础——"先结构"。鲁迅的先结构与俄苏文艺思想产生的碰撞,从一方面看,鲁迅受俄苏文艺思想结构的影响,从"聪明的唯心主义"向辩证唯物主义进行了转移;另一方面则是在理解和阐释的过程中努力将"先结构"变成积极因素,有选择地对俄苏文艺思想进行汲取和再创造。第2部分,激活现在——鲁迅与卢那察尔斯基、普列汉诺夫的文艺思想。在这里,作者比较了鲁迅与普列汉诺夫、卢那察尔斯基的文艺思想,在作者看来,鲁迅文艺思想的产生是受俄苏早期文艺思想的影响,但其后期的文艺思想又区别于俄苏早期文艺思想:主观现实主义才是鲁迅后期文艺思想的重点。第3部分,拥抱两极——鲁迅与托洛茨基及"拉普"文艺思想。作者在这部分叙述得更为深刻和精细。在文学上曾有一段时期人们谈"鲁迅与托洛茨基"色变,但是这种状况早已改变。作者在这里写道,鲁迅和托洛茨基、"拉普"文艺思想之间的存在的关联,事实上象征的是鲁迅与俄苏文艺思想中"偏重文艺"与"偏重阶级"两派的关系。许多学者提出,起初鲁迅对无产阶级文学的接受,便是对托洛茨基做了"最终的抛弃"。而张著认为,鲁迅并没有在二元对立中二者择其一, 而是很勉强地想要让这两种对立观点互促互补, 并想通过这两个"深刻的片面"全面掌握无产阶级文学的创作特点。作者对鲁迅拥抱两极的动态过程进行了全方位的描写, 令人拍案叫绝。但笔者的观点是, 鲁迅是不可能同等地"拥抱两极"的, 虽然在他的理智层面可能自觉地存在着对不同"极"的"拥抱", 但在感情层面上就未必了, 这也是导致理智层面自觉状态不平衡的原因。张著同样指出, 鲁迅在主动接受"拉普"文艺思想时也存在被动的一面, 虽然鲁迅是著名的伟大的文学家, 但是在鲁迅与苏俄文艺思想关系的整个历史过程中, 他在"两极"之间还是有所"偏重"的, 也就是说, 在他的精神世界深处, 他可能更为"偏重文艺"。第4部分, 寻求熔点——鲁迅与现实主义、现代艺术方法。这主要是说鲁迅并不像俄苏文坛那样固守其所选择的方法, 而是最大限度地不断探寻更多表现内容的方法, 将现实主义、表象主义和象征主义相结合, 创造一个"消融了内面世界与外面表现之差"、多元化的艺术世界。但这一部分论述, 确实如袁良骏先生在为该书所题的序中所写, 还应该加强叙述的力度。第5部分, 拒绝抄袭——鲁迅接受俄苏文艺思想的独特方式。主要揭示了鲁迅与同时代人的接受方式相异的特征, 即在俄苏文艺思想同步发展中仍保留着不同步的内容; 用实践中得出的实感替换所接受理论中的僵化部分, 以否证的方式转换所接受理论。第6部分, 突出主观——鲁迅化的现实主义理论及其形态。主要阐明在鲁迅后期文艺思想中, 同时存在着主观和客观, 这种主客观统一的结构方式与俄苏现实主义理论是不同的。第7部分, 整合话语——重新审视《二心集》型话语形式。使鲁迅认同了苏式文论形式, 论证了苏式文论形式对鲁迅批评文体产生的正面和负面影响。第8部分, 转换文体——鲁迅对《二心集》型话语形式的反拨。该部分从鲁迅的政治遭遇、美学个性、生命绝境等角度深入剖析鲁迅晚年批评文体转换的动机和原因, 并总结出鲁迅晚年批评文体的特征:"血书"可以说是鲁迅晚年批评文体的灵魂。

关于鲁迅与苏联具体作家的比较研究文章,在这一时期非常鲜见。胡子明的《从高尔基交华盖运想到鲁迅》比较了"俄罗斯有人否定高尔基、中国有人否定鲁迅"的文化现象,痛快淋漓地驳斥了这一现象,但对这种文化现象产生的深层原因尚未探研。

第四节　鲁迅与俄苏版画文化

李允经撰有多篇关于鲁迅与苏联版画、苏联版画家的文章,为本时期鲁迅与苏联文化的比较研究提供了一些依据。《鲁迅和苏联版画》全面分析了鲁迅与苏联版画的关系。文中透露,早在1929年3月,鲁迅在他所编印的《年代木刻选集(二)》中,就介绍过一幅苏联版画,题目是《窗内的人》。这是版画家达布任斯基为陀思妥耶夫斯基小说《白夜》作的一幅插图。之后,在1930年,鲁迅又编印出版了《新俄画选》,在载入的13幅作品中,5幅为木刻作品。作者认为,鲁迅对苏联版画的介绍,为中苏版画交流史书写了重要的一页。

鲁迅还致力于搜集苏联木刻原拓,编成《引玉集》于1934年出版,这极大地推动了我国木刻运动的发展。后来又编成《拈花集》,再一次集中介绍苏联木刻作品,但后来因为鲁迅辞世而被搁置。直至鲁迅逝世50周年后,《拈花集》才得以出版。

《鲁迅和法复尔斯基》一文指出,早在1930年5月,在鲁迅自费编印的《艺苑朝华》第一期第五辑《新俄画选》中,就收录了法复尔斯基的《莫斯科》。鲁迅认为,在新兴俄国木刻家中,"以法复尔斯基为第一",又称他为俄苏木刻界的"导师",因为他在作品的形式与结构上都很高明,他是一名技艺精湛的工匠,他的作品富于韵律美。正是由于鲁迅的介绍,我国新兴的木刻艺术家才将法复尔斯基的作品当成典范。

《鲁迅和克拉甫兼珂》一文指出,鲁迅在未知克拉甫兼珂其人的情况下,便在《新俄画选》中介绍了他的两幅版画作品:《列宁的遗骸》和《列宁的葬仪》,这种现象是罕见于鲁迅的美术活动中的。鲁迅与克氏于1932年开始交往。他曾寄宣纸给苏联版画家,以换取木刻原拓,后来,鲁迅还收到克拉甫兼珂亲自寄赠的《静静的顿河》第一部插图15幅。鲁迅也寄赠给他《引玉集》和《木刻纪程》各一部。鲁迅高度评价克氏的作品:"他的浪漫的色彩,会鼓动我们的青年的热情,而注意于背景和细致的表现,也将使观者感到裨益。"

《鲁迅和毕珂夫》一文简述了鲁迅与苏联版画家毕珂夫的关系。鲁迅先后三次收到毕珂夫的版画原拓,总共13幅。《引玉集》出版后,鲁迅寄赠他一本。鲁迅十分喜爱毕珂夫的作品,尤其是毕珂夫为苏联女演员拜拜诺娃所做的木刻全身像,鲁迅对其赞不绝口夸奖"这一张代表一种新的、以前没有过的女性姿态;同时刻者的刀触,全黑或全白也是大胆的独创"。鲁迅晚年将这幅画像放在自己卧室的镜台上,来装饰案头,每日欣赏。毕珂夫还为鲁迅的短篇小说刻过插图,表达了他对鲁迅深切的崇敬和缅怀之情。

第五章　苏联红色文学在中国的吸纳与淡出

苏联时期的许多文学作品对中国作家的创作产生了巨大的影响，尤其是20世纪50年代的一批作家。因此，这些中国作家的作品在很大程度上借鉴了苏联文学。有学者这样说："原因有二，其一，是苏联文学影响了50年代一大批知识分子。其二，因为社会制度和社会矛盾存在着相似，所以他们的人生观、世界观与苏联当代知识分子在很大程度上是相似的。苏联文学对俄罗斯古典文学取其精华，去其糟粕。我国知识分子十分推崇他们对社会进步的人文关怀、把自己的真实思想毫无保留地贡献给世人，以及不畏专制、以全人类事业为己任的强烈责任心。两国知识分子都曾负担着沉重使命，为人民利益而作出不懈的奋斗。正是因为这样，'五四'以来的中国知识分子对俄罗斯文学感同身受，特别是1957年反右时遭受迫害的知识分子对俄苏文学有着强烈的共鸣。"

第一节　苏联文学对中国小说家的浸润

《静静的顿河》堪称跌宕起伏的史诗性巨著，它并不因时空变迁而动摇，就连苏联解体也不能影响它的价值。在《静静的顿河》中，作者展现出了睿智的写作手法：他从意识层面上为我们阐述了哥萨克向社会主义迈进的方向，这一点也与社会主义现实主义要求完全契合；在叙述方面，他又在叙述的层面上以"人的魅力"这一主要论述点，将叙述和叙述者同情的对象主要聚焦在那个摇摆不定、几度与红军为敌的格利高里身上。作者也对白军和红军的烧杀抢掠行为进行了严厉的批评。作品中同样闪耀着"人格魅力"的还有两个哥萨克女性。肖洛霍夫将一切非文学因素剔除，成功塑造出了俄罗斯文坛上的阿克西尼亚和娜塔丽亚两位杰出女性形象，体现出了俄罗斯妇女的风韵。在中国文坛上赞扬肖洛霍夫的呼声很高，这一点我们可以在邵燕的回忆中有所发现:在学生集会上，"我们诵读《寄给顿河上的向日葵》"，"那个年代我们把对那个萌发着新理想、新制度的美丽国度的希望都寄托在了伏尔加河、顿河，甚至肖洛霍夫的《静静的顿河》"。据他回忆，他是通过"小说里义无反顾勇敢赴死的奥列格、神话里把心捧出来燃烧照路的丹柯，以及歌曲中珍惜忠贞爱情的喀秋莎，才深深地爱上了苏联文学的，在他眼里，他们都是真正的好同志"。

纵观20世纪，既获得斯大林文学奖，也获得诺贝尔文学奖的作家是肖洛霍夫。不仅仅在苏联，在异国，肖洛霍夫也都曾被人扣上过许多顶褒贬不一的帽子，这些"帽子"名目繁多，让肖洛霍夫的多面性特点更加明显，如人道主义者、无产阶级作家、田园诗作家、富农阶层的代言人、社会主义现实主义的杰出代表、苏维埃时代哥萨克农民思想发言人等等。肖洛霍夫创作的第一部长篇小说就是名著的《静静的顿河》，此书始创于1926年，在14年之后的1940年完成，共分为四部。此书一出世，国内外文学界立即沸腾，人们将它誉为"神奇佳作"，此书在1941年使肖洛霍夫荣获斯大林奖，1965年又获得了诺贝尔文学奖，使肖洛霍夫成为首位获此殊荣的苏联作家。《静》问世至今，对其的解读可说是众说纷纭，无一不精，但是，背道而驰的解读也存在着许多。这或许是因为作品本身就是悖论性的，如"真理"话语权、"人道主义"话语权和"乡土"话语权的建构。这些话语富于变化,从而产生了一种"对话"文本关系。小说的叙述是以来自各个层面的素材为根基的。其实,一种人道主义精神就蕴藏在《静静的顿河》中:葛利高里奋勇抗战,他在混战中不断思考战争到底为了什么。他的人格力量远远超越于常人。后来,中国当代抒情诗人闻捷在她的叙事长诗《复仇的火焰》中延续了这一形象,将其设定为一个名为巴哈尔的维吾尔族青年。巴哈尔这个人物形象性格多变,相比中国当代文坛上流行的二元对立的人物模式有所突破,但人物的丰富性却被作品仅限于和谐和平、民族团结的主题。除此以外,作品的局限性还体现在了巴哈尔的最终道德回归上,关于这一事件的原因,作者将其设定为正义和爱情的杰出代表——美丽女友苏丽亚的呼唤,以此结束了作品中的艺术向往。

周立波是首位将《被开垦的处女地》、《静静的顿河》介绍到中国的作家。他在自己1949年发表的一篇文章中说:"苏联文学积极向上,充满战斗力。它吹响了人们奋起反抗的号角,使被剥削、被压迫的人类找到了光明的远大目标和突破口。十月革命将探索革命建设,鼓舞了中国人民进行革命和建设。苏联文学真实而生动地为我们展现了这些情形,大大启发了我国广大读者……我们遵照毛主席的指示,以苏联文学为我们的良师益友。"他深入剖析了苏联文学作品的内涵,也大大提高了自身的写作修养,正是这种进步,使得他的长篇小说《暴风骤雨》获得了斯大林和平三等奖。在这部作品中,我们不仅看到了土地革命这一主题在书中的延续,也看到了肖洛霍夫对其塑造人物方面的影响:老孙头的形象与《被开垦的处女地》中的西奚卡的形象如出一辙。老孙头一生东奔西走,风趣健谈,他为自身利益考虑,他也渴望翻身解放,但是每当困难来临,占上风的还是逃跑主义思想。与老孙头的形象相比,小说写的韩老六、杜善人和唐抓子等人的地主形象我们理所当然地可以将他们的共同本质归结为一点——凶狠、残暴。周立波这样评价:根据革命现实主义的原则，"这点不适宜在艺术上展现"。由此可知，实际上，作品是将土改运动的面貌修饰了一番才展现给读者的，是局部的。但是，人们却逐渐接纳并欣赏周立波按照政策来"过滤"现实的做法和在他理解之下的革命现实主义典型化故事情节。《被开垦的处女地》写出了作者对走农业集体化的道路的赞许，又表现出了农民对这条发展道路的不理解和退却、共产党人为引导农民走上这条道路而作出的巨大努力和牺牲，也指出他们工作的不足和失误，尤其是对农民的过激行为进行了严厉的批评。能写出这些，肖洛霍夫的勇气值得赞叹。刘绍棠、周立波的创作灵感来源于《被开垦的处女地》，这一点体现在《山乡巨变》、《青枝绿叶》中。周立波第一次译出了《被开垦的处女地》的中文版。刘绍棠常说，肖洛霍夫是他最佩服的外国作家，他曾以《静静的顿河》为创作乡土小说的范例。早在20世纪50年代，刘绍棠就有"神童作家"的佳名，年仅16岁的他在1953年就写有作品《青枝绿叶》、《摆渡》和《大青骡子》等。一年多后，他又出版了长篇小说《夏天》和《运河的桨声》，主要描写运河岸边的大自然美景。有的学者将刘绍棠从肖洛霍夫那里学到东西总结成了两方面："一是学到肖洛霍夫写景、写情；二是青年时代主要是纵情，成年以后更多的是融会贯通、巧妙含蓄地写情。"

与此同时，受肖洛霍夫影响的还有我国作家玛拉沁夫。在创作早期，玛拉沁夫创作出小说集《春的喜歌》、《科尔沁草原的人们》，长篇小说《在茫茫的草原上》（1957）等。两位作家各采用了不同的手法来描写和表现生活，但两位作家的共同点就在于，他们都发自肺腑地歌颂着他们的草原母亲。肖洛霍夫对哺育他的顿河大草原进行了倾心的描述，玛拉沁夫则挥笔大力描写生养他的内蒙古大草原。相同点还多见于两位作家的写作风格方面，通过强烈的抒情性、浓郁的地方特色等方面集中表现出来。

在中国，也有许多描写农村生活的长篇小说，它们相同点在于：

第一，艺术的思维方式。这些作品都强调了二元对立的思维惯性，单一的艺术思路排斥了艺术的多重性和不确定性效果。《创业史》以梁生宝为中心，描写了其对立面富农势力、富裕中农势力、党内走资本主义道路势力，这几乎成了当时农村小说矛盾框架的主要结构。第二，感知方式和美感，重事实。这些中国本土的农村题材小说，虽比不上肖洛霍夫的《被开垦的处女地》等小说，但无疑都被他的小说所影响了。第三，面对现实的思想。它们的主基调都是理智化和理想化的归隐。我们就以柳青的《创业史》为例来说明吧，这部堪称"红色经典"的小说，被认为是农村题材小说中艺术性的最高者。《创业史》最显著的特点便是作者将宏大的结构与细致的描写、对心理的刻画与哲理性的议论结合了起来。但是这部作品依然没能突破历史的局限性，在时代方面"左"的印记非常鲜明，我们是依据以下几点来进行判定的：小说的线索是社会政治运动的全过程，当其反映中国农村社会主义革命时，将农村中所存在的两个阶级过分放大，对人物的刻画更是简单，只是依靠阶级分析的理论，并把农业合作化运动中的矛盾冲突和新中国成立初期一般贫苦劳动致富一概而论，都将其定为资本主义倾向。在描写富裕中农时，过分指责他们思想落后；而在描写富农时，只对其进行批判，将其可能改造的另一面完全忽略。正是因为存在诸多显在缺点，因此《创业史》等小说才无法赶超肖洛霍夫的《被开垦的处女地》和《静静的顿河》。

除了名目繁多的农村题材小说外，中国的革命历史题材的小说也不在少数。从主流意识形态层面来看，步入新的社会阶段后，党需要用已有的革命历史来证明自己的领导权威，需要用自己的革命胜利成果来激发人们对生活的热情。而站在作家的角度看，大多数作家是从解放区来的，解放战争培养了他们，使他们熟悉"革命历史"的生活，从而对创作"革命历史"也更加得心应手，既"服务于政治"，又坚持"无产阶级"思想，导致无法在政治方面创作出推陈出新的作品。

革命历史题材的小说与苏联战争题材的小说极为相像,但也存在许多不同。它们的共同点是:"他们将叙述的核心定为重大的政治事件,文章的背景大都是战争、爱国及伟大的民族精神,作者的最终目的是希望革命取得最终胜利。战争充分实践了历史主题,又浓缩了时代主题。"苏联战争小说标新立异,有着复杂的结构,将艺术与革命史实结合,使得残酷的战争与细致复杂的心理分析相融合,深化主题,声势浩大。能较好体现出上述特色的作品有《一寸土》、《静静的顿河》、《毁灭》等等。中国式的战争小说与苏联式的战争小说的不同点:中国的战争小说主要是以传统的人物与故事情节为主,通常将故事情节写得极为传奇,而对心理的描写并不细致入微,只是一味塑造传统的英雄形象,在体裁上采用"章回"体,体现出这些特点的作品有《烈火金钢》、《红日》、《敌后武工队》、《铁道游击队》等小说。中国战争小说的薄弱环节是对人物心理的描写,另外,对情节的描写也不太细致,大多数为具有传奇性的新的英雄故事,是时代气息与民族化相结合的产物,用无产阶级的思维方式来描写战争。综上,中国战争文学中很难出现像列夫·托尔斯泰的《战争与和平》那样的史诗性巨著。

受苏联文学影响最深的当属20世纪50年代的作家王蒙。他说:"50年代初,指引我走向写作之路的是爱伦堡的《谈谈作家的工作》。指导我创作短篇小说的是安东诺夫的《第一个职务》与纳吉宾的《冬天的橡树》。而在精神上感化我的则是法捷耶夫的《青年近卫军》。"王蒙对法捷耶夫情有独钟,他曾说:"那个年代我最崇拜的作家是法捷耶夫同志,《青年近卫军》一直影响着我对《青春万岁》的创作,它使我的创作有了自己的灵感,使我产生了'在苏联的社会主义体制下的青年人比哪儿的人都惹人怜爱'的想法。"他对法捷耶夫《青年近卫军》的崇拜甚至体现在和王干在新时期的文学对话中。至于他的短篇小说《组织部新来的青年人》，则是受到《拖拉机站站长和总农艺师》的启迪，这本小说由原苏联女作家尼古拉耶娃创作，王蒙读后感同身受。19岁的王蒙在法捷耶夫影响下终于完成了处女作《青春万岁》的草稿，在这部作品中，他对苏联的情况进行了大量介绍。因此在1957年的时候，他曾被打成右派，所以王蒙所受到的苏联文学的影响主要体现在新时期以后的创作当中。在"季节"系列、"在伊犁"系列等作品中，均体现出苏联文学对其创作的影响。

　　创作了长篇小说《战争与人》的当代著名作家王火，有10位他最喜欢的外国作家中，其中前4名均为俄苏作家，他们依次是托尔斯泰、屠格涅夫、肖洛霍夫、爱伦堡。作家张贤亮在创作反映"大墙生活"的作品时，也受到高尔基和索尔仁尼琴的影响。与此同时，高晓声等一些作家也受当时苏联社会主义思潮影响和像高尔基等作家的影响。到了新时期，李国文、蒋子龙、张洁等一批20世纪50年代成长起来的作家在创作"改革文学"时，也同样受到苏联"科技革命"文学思潮的影响……尽管上述一些作家事业取得成绩是在1979年以后，但早在20世纪50年代，他们就受到了以高尔基为代表的苏联作家作品的深深影响了。在中国文学的新时期，还有另一些诸如军旅作家李存葆、徐怀中等，知青作家史铁生、张炜、路遥等均受到了苏联文学的深远影响。在张承志创作的一些作品中反映了草原人民的生活，但我们依然可以清楚地看到他受到了艾特玛托夫的深远影响。张炜更是被人们称作"新时期受俄苏文学影响较大的有作为的青年作家"。由此，我们可以得出以下结论：我们可以把这些深受俄苏文学影响的作家看做新时期"降生"的"产儿"，并且大都在苏联时期　"十月怀胎"。尽管苏联已经不复存在了，但苏联文学对中国作家创作的影响却永久存在。

第二节　中国诗人对苏联文学思潮的摄取

1955年10月郭小川先生在《人民文学》上发表了7首以《致青年公民》为总题的"楼梯体"的政治鼓动诗,其中的著名诗篇有《闪耀吧,青春的火光》、《向困难进军》等。郭先生将自己创作的第一首抒情诗献给了全国青年社会主义会议。这首诗气势磅礴,将这个时代展现得淋漓尽致,并将郭小川这位当代杰出的诗人作品展示出来:"公民们! 这就是! 我们伟大的祖国!" 郭小川将温婉的词语舍弃,代之以野性十足的、粗犷的"力"和"美"。本诗充分描绘了政治家的思维、创业者的胸襟和战士的浩然正气,并由衷地赞颂新鲜事物,这使得他的诗歌具有了强劲的战斗力,催人奋进,引起读者的共鸣,读者们会从他的诗中自然地联想起马雅可夫斯基的诗句。苏维埃诗歌源于马雅可夫斯基对苏联十月革命的深情歌颂,马雅可夫斯基因此被卢那察尔斯基称为"革新家",他的诗歌风格独特,最为中国诗人所追捧的便是他的"楼梯诗"。人们将他神化,皆出于斯大林这样说:"马雅可夫斯基是最有才的诗人,现在也是,将来仍然会是。""头号大嗓门的鼓动家"是人们对马雅可夫斯基的认可。苏联一位伟人这样说:"他追求将各种可能性更好的结合,通过这些鲜明对照地表现生活矛盾并革新诗歌语言,诗行的重读音节和非重读音节的灵活运用、对句子的强调、情感的收放的意义表现了他自成一家的独特风格。"

贺敬之与郭小川旗鼓相当,对当代中国诗坛产生了极大的影响。贺敬之的政治抒情长诗《放声歌唱》(1956)和《雷锋之歌》(1963)深情地歌颂了伟大的祖国:"啊,多么好! /我们的生活, /我们的祖国; /啊,多么好! /我们的时代, /我们的人生! /让我们/放声/歌唱吧! /大声些! /大声/大声……"全诗节奏欢快,淋漓尽致地表现了对祖国、对人民的无限热爱,体现出坚信社会主义事业最终一定能够取得胜利的信心。马雅可夫斯基为纪念十月革命胜利十周年而精心创作了气势磅礴的长诗《好》,马雅可夫斯基饱含深情地用"人类的春天"来比喻他的社会主义祖国:"我赞美祖国的现在,/我三倍地赞美/祖国的将来。/而我,/歌唱我的祖国,/我的共和国!"法捷耶夫评价马雅可夫斯基的诗:"他的诗最主要的特点就是将社会和个人紧密地融入到一起。"贺敬之也曾说:"他既遵从了诗歌的规律,又兼顾了人民的利益。把诗人的'自我'与阶级和人民的'大我'相结合起来。"

何其芳这样评价马雅可夫斯基的诗:"马雅可夫斯基的楼梯诗形式是因何在诗坛占领高地的呢?这不仅是因为它激情澎湃,还因为诗中的生动形象。"

"擂鼓诗人"田间说:"我得到了马雅可夫斯基在情感上的启发。除此之外,深受其影响的中国诗人还有严辰、李季、郭小川、贺敬之等。中国的诗人将他的楼梯式诗体的种子播撒在了中国诗土之上。"公刘的诗《我在1956年除夕的奇遇》也可以看出受到了马雅可夫斯基楼梯体诗的影响。

马雅可基斯基还写有讽刺喜剧《臭虫》、《澡堂》等。他的讽刺诗也极具现实气息,颇为生动。1922年3月5日的《消息报》刊登了他的名诗《开会迷》,列宁在读完该诗后对他产生了浓厚的兴趣,原因在于这首诗一针见血地揭露了国家机关脱离群众于现实,不断会议的不良作风。该诗问世翌日,列宁就指出:"……这首诗在政治和行政观点的方面深得我心。他借这首诗无情地批评了不断地开会,使那些总是开会和不断开会的共产党员浮出水面。我不敢品评诗作本身,但是从政治角度看,我敢说它毫无差错。"革命导师列宁的这番话使得《开会迷》名声大噪。中国不少诗人写过讽刺诗,公木的《据说,开会就是工作,工作就是开会》与《开会迷》中所反映的事实是相同的。诗中叙述了一名"记者"在一家工厂的遭遇，严厉批判事务主义。诗的大概内容是：记者看见一位工友被分成4份，而作者自己也处在会场中。虽然会议题目不同，但内容却出奇的一致。记者提问道为什么要不断地重复开同一主题的会议时，领导理直气壮地回答说："重复？是的！不过我们自己有苦衷。"在回答开会会影响学习的疑问时，领导仍旧有底气地回答："学习当然重要，而开会就是工作，开会就是学习！""记者"在诗的结尾愤怒地说："你说，你不知道此病的名称，那好，我告诉你：官僚主义！"马雅可夫斯基还有《初学拍马指南》、《官僚制造厂》等许多诗篇，这些诗赤裸裸地抨击了官僚主义，在社会上引起了深刻的思考。

在20世纪50年代传入中国的抒情诗中，较为著名的有伊萨科夫斯基、巴格里茨基等人的诗篇。伊萨科夫斯基的诗最受欢迎，他的诗将俄罗斯人民乐观开朗的情绪全面展现了出来。他所写的有关爱情的诗篇，将苏维埃时代青年男女的生活、情感及性格书写得活灵活现，如《喀秋莎》、《红梅花儿开》等。他的诗韵律优美，笔触细腻又清丽脱俗，很容易被广大人民群众所接受。作曲家更是将伊萨科夫斯基创作的许多抒情诗进行谱曲而后响彻国内外，如《喀秋莎》和《红梅花儿开》。人们不自觉地将爱情与人们的生活相关联在一起，伊萨科夫斯基的诗歌很好地表达了这一点。他的抒情诗《春天，拖拉机手》就是爱情与劳动的完美结合。虽然姑娘是真心爱着拖拉机手，但"要举行婚礼，还要等收割完毕"。我国也有一首广为传唱的苏联爱情歌曲《山楂树》，它的总体风格十分接近伊萨科夫斯基的诗歌。诗歌讲述了这样一个故事：两个非常优秀的小伙子同时爱上了一个美丽的姑娘，而姑娘却不知该如何取舍，因此去询问山楂树，想听听山楂树的意见。《天山牧歌》是闻捷最具代表性的抒情诗。他的诗歌温柔多情，有相当一部分都是描述少数民族人民淳朴的性格。也有很多爱情诗，有《舞会结束以后》、《婚期》等，这些诗歌细致深入地描写出了在少数民族特有的风情下男女之间的爱慕、表白、追求、等待等爱情生活情趣,有着浓郁的地方风情和独特的风格。

第三节　苏联社会主义文学在中国的回响

1949年10月1日中华人民共和国正式成立,中国的广大人民群众接触到的俄苏文学作品就开始多起来,但这并不仅仅是因为它本身所具有的魅力。新中国成立初期,原有的作品完全消失在人们的视线中,因此根本满足不了中国人民日益增长的精神需求,新一代的作家正在培养中、成长中,还没有形成强大的文学作家队伍。"一边倒"思想迅猛发展使得苏联文学作品不断涌入新中国。新中国对以尼·奥斯特洛夫斯基、马雅可夫斯基、肖洛霍夫、高尔基、阿·托尔斯泰等作家为代表的苏联文学作品进行了前所未有的推崇与欢迎。

中苏关系紧张、意识形态出现分歧的局面是在斯大林逝世后出现的,到了1960年初公开爆发,1961年是最严重的一年,赫鲁晓夫不计后果的撕毁中苏友好和平条约,中苏关系彻底破裂。同时,两国之间的文化交流也随之终止,翻译工作也就自然中断,近20年都没能进行。"文革"时期,中国将整个外国文学都进行了"革命",作为"反动书籍"、"禁书"而被打入冷宫。不过,俄苏文学根据当时政治局势的需要组织力量译介过。从20世纪50年代反对右派时期开始,经有关部门批准,组织有关专家学者和部分翻译家开始在俄苏文学作品中寻找"反面教材",20世纪50年代中期出现的苏联"解冻文学"中的"阶级调和论"、"人性"等成为"批判"的对象。1961—1966年期间,中国戏剧出版社和作家出版社"内部出版"了一批"专供批判用"的外国小说,因其装帧简陋、纸张粗糙、黄纸封面、仓促成书,故称"黄皮书"。"黄皮书"中数量最多

的便是苏联文学,如艾特马托夫撰写的《小说集》、阿尔布佐夫创
作的《伊尔库茨克故事》、阿克肖诺夫的作品《带星星的火车票》、
索尔仁尼琴著的《索尔仁尼琴短篇小说集》、特瓦尔多夫斯基撰写
的《山外青山天外天》、爱伦堡的著作《人·岁月·生活》等40部。然
而,这套"黄皮书"出版之后就被抢购一空,这完全超出了出版者的
预料。在精神食粮空前匮乏时期,人们悄悄传阅这套"黄皮书",却
不敢公开阅读这些苏联小说,但是以这样的非正常方式苏联文学作
品竟然在中国传播和积极地被接受了。

高尔基是苏联现实主义文学创始人。在所有苏联作家中对中国
影响最广泛、最深刻的就是高尔基。他的作品是中国人翻译的最多
的,这堪称不同民族文化接受史上的一个传奇。所以,郭沫若先生
在《中苏文化交流》一文中说的"作家高尔基被中国的作家们所模
仿,他的文学作品也被狂热的中国作家们视为《圣经》,因此作家高
尔基对于中国人的影响,绝不亚于苏联本国人"的看法也就不足为
怪了。1956—1964年间我国连续出版了14卷《高尔基选集》,在"文
革"期间,高尔基作品在中国出版或再版的有: 剧本《敌人》、《小
市民》、《耶戈尔·布雷乔夫和别的人》、《底层》,自传体小说三部
曲《我的大学》、《在人间》、《童年》,短篇小说集《伊则吉尔老婆
子》、《高尔基短篇小说集》、《回忆录选》,长篇小说《克里姆·萨
姆金的一生》、《阿尔达莫诺夫家的事业》、《海燕之歌》、《母亲》、
《鹰之歌》等。

1957—1961年之间我国陆续出版了5卷本的《马雅可夫斯基》。
余振先生主要译介苏俄诗歌,他先后译介了马雅可夫斯基的代表作
长诗《列宁》、《好!》、《一亿五千万》,法捷耶夫创作的《最后一个
乌兑格人》、《青年近卫军》、《毁灭》,绥拉菲莫维奇撰写的《保卫
察里津》、《彼得大帝》、《粮食》、《铁流》,肖洛霍夫的作品《被开
垦的处女地》、《静静的顿河》,卡达耶夫的著作《不平凡的夏天》、

《时间啊，前进》、《团的儿子》，尼·奥斯特洛夫斯基的《钢铁是怎样炼成的》、《暴风雨所诞生的》等。

另一件不得不说的事是，早在1952年，奥斯特洛夫斯基的名著《钢铁是怎样炼成的》就一次性发行过50万本，这种现象真是空前的，前所未有！一大批新中国青少年受到《钢铁是怎样炼成的》主人公保尔·柯察金的影响。保尔·柯察金在《钢铁是怎样炼成的》一书中关于人生意义的那段内心独白感人肺腑，因此被多次写入初中语文课本当中，保尔·柯察金成为新中国几代青少年所熟悉的楷模，甚至是心目中的英雄、学习的好榜样。著名作家高尔基用"精神战胜肉体的光辉榜样"来高度称赞了尼·奥斯特洛夫斯基。在中国，吴运铎被称为"当代中国的保尔·柯察金"，他虽然多次因公负伤，但是凭借惊人的毅力，于1953年书写了《把一切献给党》的传记文学，这部传记文学还曾改编成话剧在全国各地巡回演出，使一大批中国广大读者和观众受到了精神的震撼。

除此之外，这一时期译介的俄苏作品还有：马卡连科撰写的《教育诗》，列昂诺夫著的《俄罗斯森林》、《索溪》、《侵略》，巴希罗夫写下的《荣誉》，西蒙诺夫完成的《生者和死者》、《日日夜夜》，拉齐斯的作品《渔民之子》，伊凡诺夫创作的《铁甲列车》，李亚什珂的作品《熔铁炉》，里别金斯基书写的《一周间》，克雷莫夫写作的《油船"德宾号"》，革拉特科夫的小说《童年的故事》、《水泥》（旧译《土敏土》），柯切托夫撰写的《叶尔绍夫兄弟》、《茹尔宾一家》、《州委书记》，费定写下的《早年的欢乐》、《不平凡的夏天》、《城与年》潘菲罗夫完成的《磨刀石农庄》，特瓦尔多夫斯基著的《山外青山天外天》、《青草园》、《瓦西里·焦尔金》，爱伦堡完成的《巴黎的陷落》和《暴风雨》等译品。值得肯定的是，当代苏联文学作品中的许多代表作和主要表现革命英雄主义、集体主义、爱国主义、歌颂集体农庄和正义战争的作品都被及时译介成了中文。据不完全统计, 20世纪50年代有100多位俄苏作家的作品被译介成中文。

当时对新中国产生较大影响的俄苏作品还有: 史泰因发表的《个人事件》, 卡扎凯维奇写作的《奥德河上的春天》, 卡维林撰写的《船长和大尉》, 马雷什金撰写的《来自穷乡僻壤的人们》, 比留柯夫完成的《海鸥》, 戈尔巴托夫创作的《顿巴斯》, 冈察尔的小说《蓝色的多瑙河》, 包戈廷著的《克里姆林宫的钟声》、《悲壮的颂歌》, 尼林写的《试用期》, 安东诺夫的作品《汽车在大路上行驶》, 沙特罗人完成的《以革命的名义》, 拉齐斯发表的《走向新岸》, 罗佐夫创作的《她的朋友们》、《祝你成功》, 阿菲诺根夫的小说《恐惧》, 阿尔布佐夫著的《达尼娅》, 特里丰诺夫写的《大学生》, 施帕乔夫的作品《爱情诗》, 斯米尔诺娃写作的《乡村女教师》, 绥拉菲莫维奇著的《草原上的城市》等。此外, 不得不提的是当代苏联惊险小说的鼻祖——谢宁, 他的作品有《军事秘密》、《在20世纪中叶》、《"天狼星" 行动计划》、《将计就计》、《特殊任务》、《一个预审员的笔记》等, 在我国曾风靡一时。

上述所列的文学作品主要是小说。除此之外, 我们还译介了许多散文, 如柯热夫尼柯夫、卡维林、格拉宁等的作品; 不少诗歌, 如吉洪诺夫、勃洛克、叶赛宁、伊萨科夫斯基、苏尔科夫等人的诗集; 戏剧主要有索弗罗诺夫、列昂诺夫、维什涅夫斯基等的戏剧作品。综上所述, 中国文学界对俄苏文学进行了全方位的译介。

笔者为清晰了解当时的具体出版情况翻阅了大量书面和影视资料, 以下就是这套 "黄皮书" 的详细清单。

1961年出版的作品有: 由世界文学出版社出版、苏群翻译、潘诺娃创作的长篇小说《感伤的罗曼史》, 由群众出版社代为出版、朱源宏翻译、穆古耶夫作家发表的小说《护身符》, 由飞白和罗听翻译、特瓦尔多夫斯基写的《山外青山天外天》。

1962年出版的作品有：由作家出版社出版、谢素台翻译、西蒙诺夫创作的《生者和死者》，由王金陵和冯南江翻译、爱伦堡撰写的回忆录《人、岁月、生活》（第一部），由中国戏剧出版社出版、张原翻译、西蒙诺夫写的剧本《第四名》，由苏虹翻译、柯涅楚克写的剧本《德涅伯河上》。

1963年出版的作品有：阿克肖诺夫创作的著名小说《带星星的火车票》，由王平翻译；由苏杭等翻译、叶夫杜申科等写的诗选《〈娘子谷〉及其他》；由斯人翻译、索尔仁尼琴撰写的中篇小说《伊凡·杰尼索维奇的一天》；由冯南江和秦顺新翻译、爱伦堡写的回忆录《人、岁月、生活》（第二部）和（第三部）；由沈江和钱诚翻译、爱伦堡写的长篇小说《解冻》（第一部）和由钱诚翻译、爱伦堡写的长篇小说《解冻》（第二部）；由中国戏剧出版社出版、徐文翻译、索弗罗诺夫写的剧本《保护活着的儿子》；由吴均燮翻译、列昂诺夫编写的剧本《暴风雪》；由孙维善翻译、史泰因编的剧本《海洋》和索弗罗诺夫编的剧本《厨娘》；由裴末如翻译、阿尔布卓夫撰写的剧本《伊尔库茨克故事》；由沈中立翻译、伊克拉莫夫等作家编写的剧本《白旗》。

1964年出版的作品有：由作家出版社出版、孙玮翻译、梅热拉伊齐斯写的组诗《人》，由孙广英翻译、索尔仁尼琴写的作品《索尔仁尼琴短篇小说集》，由苍松翻译、柯热夫尼科夫写的长篇小说《这位是巴鲁耶夫》，由斯人翻译、柯切托夫写的战时札记《是这样开始的》，由家骧和晓宁翻译、卡里宁写的中篇小说《战争的回声》，由白祖芸翻译的《库兹涅佐夫的长篇小说传说的继续》，由孙广英翻译、符拉基莫夫写的长篇小说《大量的矿石》，由冯南江和秦顺新翻译、爱伦堡写的回忆录《人、岁月、生活》（第四部），由丘琴等翻译、特瓦尔朵夫斯基写的长诗《焦尔金游地府》，由中国戏剧出版社出版、王金陵翻译、罗佐夫写的剧本《晚餐之前》，由蔡时济翻译、阿辽申写的剧本《病房》。

1965年出版的作品有：由作家出版社出版、南生翻译、季亚科夫写的长篇小说《亲身经历的事》，多人翻译的《苏联青年小说集》（上、下集），由陈韶廉等翻译的《艾特玛托夫小说集》，由程代熙翻译、沃依诺维奇写的中篇小说《我们生活在这儿》，由王平翻译、冈察尔写的长篇小说《小铃铛》，由作家出版社上海编辑所出版、李浪民翻译、贝柯夫写的长篇小说《第三颗信号弹》，由车一吟等翻译、西蒙诺夫写的长篇小说《军人不是天生的》（共二部），由周朴之翻译、阿克肖诺夫写的长篇小说《同窗》，由群力翻译、包戈廷写的剧本《忠诚》。

1966年出版的作品有：由作家出版社出版、南生翻译的卡扎凯维奇的长篇小说《蓝色笔记》（附《仇敌》）。

此外，1950—1960年，新中国共出版了俄苏文学作品40种。回忆录、小说等共25种，诗4种(部)，戏剧共11部（种）。其中，较著名的有1957年由作家出版社内部出版，白祖芸翻译的杜金采夫创作的《不单为了面包》和1959年由湖北人民出版社出版，陈燕孙翻译的萨方诺夫的长篇小说《大地花开》。

第四节 苏联文学译介的两大特征

第一，数量锐增。新中国成立初期我国翻译出版的外国文学作品迅速增多，到20世纪60年代末，我国翻译出版的外国文学作品一半以上是俄苏文学作品，总印数8200.5万册，是整个外国作品的大头。当时人民文学出版社、中国青年出版社等是俄苏文学翻译出版的重要阵地。俄苏文学艺术作品的译本在新中国成立前一般只印几千本，而在之后能印几万本。从新中国成立到20世纪50年代中期，仅人民文学出版社就翻译出版了196种俄苏文学艺术作品。从新中国成立初期至"文革"之前, 我国在翻译俄苏文学艺术作品方面取得了辉煌的成就。

第二, 质量提高。译介的俄苏文学作品大多数不是由俄文原版译介而来, 而是通过其他语种。这种由英语、德语、法语这种影响力较大的版本间接翻译过来的俄苏文学作品, 翻译质量不理想, 翻译数量不多, 影响力也不算太大。比如, 我们所熟知的由鲁迅先生从日语版本转译而来的果戈理创作的《死灵魂》和法捷耶夫撰写的《毁灭》。肖洛霍夫撰写的《被开垦的处女地》是由周立波从英语版本转译而来的。转译而来的还有尼·奥斯特洛夫斯基创作的《钢铁是怎样炼成的》。在之后的一段时间里, 参与翻译的作家越来越多, 如水夫、孙绳武、刘辽逸、吕荧、许磊然、汝龙、满涛、余振、金人、查良铮、草婴、曹靖华、高植、陈冰夷、姜椿芳等, 新中国成立之前就有许多翻译作品问世, 新中国成立后他们仍然没有懈怠对俄苏文学作品的译介工作; 而另一批翻译俄苏文学作品的工作者是新中国成立后才逐渐培养起来, 崭露头角的, 如吴谭德、力冈、伶元迈、顾蕴璞、倪蕊琴、高莽、智量、蓝英年等, 他们都是新中国成立后成长起来的一批精通俄语的人才, 其中有些人曾经留学苏联, 在新中国成立后至"文革"前他们最大限度地保证了俄苏文学作品的翻译质量。据统计, 新中国成立前由俄文直接译成汉语的作品少的可怜, 而新中国成立后大多数则是直译过来的, 这一点充分证明翻译质量大幅度提高了。

第五节　俄苏"红色经典"的传入与消沉

时间荏苒, 斗转星移。"红色"是一种标志, 是社会主义国家政治、思想和理想方面赤色的烙印。红色经典主要是指具有高度政治热情、鲜明革命色彩并产生广泛影响的作品, 一般出现在无产阶级政党夺取政权, 人民当家做主的社会主义国家, 如中国、苏联等。文学界广泛关注赤色文学,其"红色故事"成了革命理想主义和浪漫主义的史诗性追求。而最早成立红色政权的苏联,不仅成为赤色的摇篮和发源地,也是中国当代文学"红色经典"最直接借鉴的典范。中国与苏联是近邻和合作伙伴, 曾经有过近万公里的边界线, 两国有着深远的历史文化渊源。20世纪40~50年代, 新华书局印订了《苏联文学艺术问题》, 这本书说出了苏联文艺创作的核心。自新中国成立以来,中苏关系便一直没有稳定, 因而文学艺术交流随着政治局势变化而变化着, 但不可否认的是, 赤色的政治决定了两国曾是同路人, 因此两国文化间的关系不可能断裂。20世纪60年代以来保尔·柯察金为人所知, 一代又一代的中国青少年受到了他英雄行为的鼓舞。富尔曼诺夫创作的《夏伯阳》、科斯捷米扬斯卡娅撰写的《卓娅与舒拉的故事》等苏联红色作品也教育了许许多多的中国青年。

在苏联20世纪50年代兴起了"解冻文字"的大潮,《俄罗斯大百科全书》对"解冻"是这样解释的: Хрущёвская оттепель —неофициальное обозначение периода в истории СССР после смерти, (середина1950-х—середина 1960-х годов). Характеризовался во внутриполитической жизни СССР осуждением культа личности Сталина, репрессий 1930-х годов, либерализацией режима, освобождением политических заключённых, ликвидациейГУЛага, ослаблением тоталитарной власти, появлением некоторой свободы слова, относительной демократизациейполитической и общественной жизни, открытостью западному миру, большей свободой творческой деятельности. Название связано с пребыванием на посту Первого секретаря ЦК КПСС Никиты Хрущёва .Слово«оттепель» связано с одноимённой повестью Ильи Эренбурга.

爱伦堡

"解冻文学"以爱伦堡的《解冻》为发端，开创了一个文学潮流。故事写的是1953年冬天至1954年早春的事情，以伏尔加河沿岸某城市一个工厂的日常生活为背景展开。厂长茹拉夫廖夫是卫国战争中的功臣，但在作者笔下，他是斯大林时代的"官僚主义者"，自私、保守、思想僵化是他的性格特征，为人专横跋扈，喜爱逢迎，缺少感情，没有人情味。他只关心生产指标，不过问工人生活，为了个人的升迁而不顾及一切后果。他甚至挪用建造工人宿舍的专款去盖精密铸造车间，而让工人住在又潮湿又阴冷的草屋和工棚里。他的利己主义不仅使同志们与他疏远，就连自己的妻子莲娜也因为厌恶他的为人而离开了他。最后，他对风暴要来的天气预报充耳不闻，认为这些工棚可以比许多人的寿命活得时间都长，结果三排工棚在暴风中倒塌，众多工人受伤。否极泰来，他被撤销厂长职务，其妻也与工程师柯罗捷耶夫结成百年之好。小说的

《解冻》

结尾，总设计师索科洛夫斯基站在窗前说了一大段极富象征意味的话："窗外是一片激动人心的情景。寒冬终于站不住脚了。马路上的积雪已开始融化，到处在水里……到解冻时节了。"

　　"解冻"强调：要求重视人，呼唤人性的复归，要求重新确认"人"的地位，要求文学站在"人性本位"的高度，直面地批判历史和现实中存在的种种弊端。《解冻》这部作品的贡献，不在有趣的情节、丰满的人物，而在于它对具有转折意义的历史时刻的准确捕捉。过去的年代，社会是一座冰山，人与人之间、生产与劳动之间、艺术和现实之间的关系都被冷漠冰封着。当政治的热风吹过，一切都松动了，作者以一个老记者的洞察力，将这一稍纵即逝的瞬间固定了下来，创作出一部影响深远的名作。解冻文学之前的苏联文学作品往往写事重于写人，"生产小说"、"商业小说"、"农业题材"、"工业题材"等都是写事，而不是写人，解冻文学力图走出这种文学误区。斯大林时代的文坛大都是歌颂文学，宣扬"无冲突论"，造成了公式化、概念化、粉饰生活、回避矛盾的状况，并且粗暴批判一些触及现实的作家作品。斯大林逝世后，苏联第二次作代会召开，彻底纠正"左"的偏向，作家们开始大胆地表现生活矛盾、冲突及黑暗面。西方评论界认为解冻影射斯大林个人崇拜时代已经结束，将这股新的文学潮流称作"解冻文学"。解冻文学倾向于对过去的僵化的文学模式的反叛，更多的是以一种理性的、清醒的态度来对待历史、对待现实生活。1957年肖洛霍夫中篇小说《一个人的遭遇》发表后，受到政府的支持，这一点体现在这部小说发表在苏共党报《真理报》上，表明了斯大林时代歌颂的终结。从此，苏联开始大量涌现出反对官僚主义、反思社会黑暗的文学作品。直到1958年这股思潮才渐渐平息。再后来，苏联文学界又开始出现冰封现象，主要是以苏联作家帕斯捷尔纳克的"《日瓦格医生》事件"为标志，但是，非官方、民间和地下解冻文学仍然在持续进行。苏联解体使得意识形态的冰冻自然融化了。

　　中国与苏俄"干预生活"的作品可谓殊途同归。19世纪60年代，随着中苏关系恶化，中国文学艺术与苏俄文学艺术的交流与对话进入了低谷,中国政府对苏联采取了强硬抵制的态度,在意识形态领域开始激烈讨论所谓的"人道主义",同时在政治领域全面批判苏联"修正主义"。苏联作家肖洛霍夫的中篇小说《一个人的遭遇》首先遭到抵制。而在各方面都萧条的"文革"期间,中国更是拒绝与苏联在学术方面的交流。出现在苏联社会主义文学特定时期的俄苏的"红色经典",具有革命色彩和广泛影响。随着俄苏的"红色经典"被译到中国,对延安革命文学、中国当代文学都产生了深远的影响。1850—1860年受到"文学为政治服务"的大环境的影响,苏俄具有强烈革命英雄主义精神的文学作品吸引着中国的广大读者。以作家罗烽、萧红、舒群、白朗等为代表的东北"流亡作家"群,抗战时期受到左翼战争文学影响,因此作品中有浓烈的英雄主义。这类"抗战小说"的代表作有罗烽的《呼兰河边》、萧红的《生死场》、舒群的《没有祖国的孩子》、李辉英的《最后一课》和《松花江上》等。高尔基的作品《母亲》、奥斯特洛夫斯基的作品《钢铁是怎样炼成的》、法捷耶夫的作品《毁灭》等影响了好几代中国人,这些文学作品中渗透了爱国主义精神、革命英雄主义精神、民族精神和正义感,使其当之无愧地成为了"红色经典"。

"红色经典"在20世纪90年代的流行,是有根据的。市场经济的浪潮使人们为了金钱而浮浮沉沉,但在某种程度上还带着一种怀旧的情绪,并试图通过这种情绪重温昔日的理想和信念。"红色经典"是一种历史特定时期产生的文学类型,我们需要从现代视角,以时代目光、学术眼光对"红色经典"产生、发展和变化的过程进行深入细致地探讨和研究。1950年,毛泽东同志《在延安文艺座谈会上的讲话》确立了文艺评判的原则,这种评判原则只强调文学艺术的政治功利性,而忽视了文学艺术的美学观赏性。到了20世纪80年代末90年代初,随着我国改革开放和经济建设的深入,国外意识形态、学术思想和文艺理论的引入使当代学术研究的理论资源极大丰富了, 开阔了当代学者的研究视野, 从它存在的必然性与合理性, 并从当代文学史发展的角度审视、考察"红色经典"的历史意义和现实意义。现今解读俄苏"红色经典"的视角也变得个性化、大众化, 重新定位苏俄"红色经典"的研究价值、历史价值和美学意义。当然, 中国作家并不是一味照搬苏联文学的创作观念, 也根据国情和时代的要求不断地改造。

我们在这里比较一下苏联作家肖洛霍夫创作的中篇小说《一个人的遭遇》和我国作家梁斌创作的长篇小说《红旗谱》。1956末到1957年初肖洛霍夫在原苏共党报《真理报》上发表了中篇小说《一个人的遭遇》, 他从人性、人本主义的视角, 以回忆中套回忆的叙述方式、纷繁独特的结构创作了该作品。他用2/3多的篇幅描述了小说主人公索科洛夫在战争中的悲惨遭遇, 用近1/3的篇幅对比主人公索科洛夫在战前幸福美满的生活与战后孤独凄苦的处境, 这种鲜明的对照衬托出非常明显的战争和人类的悲剧冲突、战争和人类幸福间的不可调和性, 强有力地表达出了当时人们坚决反对战争、强烈要求和平的美好愿望。《一个人的遭遇》首先能看出"人与战争"的冲突是战争与和平之间的矛盾, 进而可得知, "人与战争"的冲突是个人幸福和国家安全、人类生存之间的矛盾。小说讲述了一个普通人坎坷的命运, 通过叙述体现了人道主义和人性。《红旗谱》是我国作家梁斌在战争年代创作的长篇小说, 将小说中的主人公贾湘农比作革命的指路人, 跟《红色娘子军》、《青春之歌》、《青年近卫军》中的主人公有相似之处, 在国家发展的过程中都起到了重要作用。两国文学作品之间的互相联系与对比使得文学艺术得到了进一步的升华。

"五四"新文化运动使中外文学进行了全方面地交流, 中国也诞生了新文学。与西方文学不同, 俄苏文学是一种更为先进的、革命的、理想的文学榜样, 从此, 在中国兴起研究俄苏文学热, 如《母亲》、《静静的顿河》、《钢铁是怎样炼成的》、《铁流》等这些译作在中国广大读者中引起了巨大的反响。

小说《钢铁是怎样炼成的》中的一段名言: Самое дорогое у человека ——это жизнь.Она даётся ему один раз,и прожить её надо так ,чтобы не было мучительно больно за бесцельно прожитые годы,чтобы не жёг позор за подленькое и мелочное прошлое и чтобы,умирая,смог сказать: вся жизнь и все силы были отданы самому прекрасному в мире-борьбе за освобождение человечества. "人最宝贵的是生命。生命人只有一次。人的一生应当这样度过: 当回忆往事的时候, 他不会因为虚度年华而悔恨, 也不会因为碌碌无为而羞愧; 在临死的时候, 他能够说: '我的整个生命和全部精力, 都已经献给了世界上最壮丽的事业——为人类的解放而斗争。'"

男主人公保尔·柯察金的父亲就是一位普通工人, 他幼年丧父, 与母亲艰难度日。母亲把年仅12岁的保尔·柯察金送到车站食堂当杂役, 所以他饱尝了人生旅途的艰难和人类社会的不公平, 闻到了"腐烂的气味", 也窥见了"沉淀和渣滓"。因此, 保尔·柯察金的性格从小就形成了一种逆反心理, 如此一个革命英雄的形象得以被真实而鲜活地展示出来。我们在中国作家的"红色经典"作品中经常看到俄苏赤色文艺理论、文学思想等等的影子。

小说《青春之歌》中的主人公林道静的母亲从小就生活在贫苦的家庭中, 一生命途多舛, 先后遭遇被人强暴、被丈夫抛弃的不幸, 最后承受不了生活的考验而自杀。林伯唐的大姨太野蛮残暴、刁钻狠毒, 百般虐待和刁难林道静, 使林道静的性格从小就形成了一种逆反心理。两部作品对此来讲, 保尔·柯察金只是个普通人, 他和其他人一样有情感和欲望, 保尔·柯察金与达雅的最终结合, 是革命与爱情的和谐统一。林道静在人生的旅途中遇到了共产党员卢嘉川, 使她走向了革命道路, 两人在共同的革命道路上产生了爱情。但后来卢嘉川遭遇不幸身亡, 而林道静只能继续全身心地投入到革命斗争中去。革命斗争的道路是曲折艰难的, 林道静不畏艰险最终成为了一名优秀的共产党员, 为革命作出了巨大的贡献, 不仅自己投身革命, 还带动学生也投身于革命, 从而壮大了革命队伍。这样看来"红色经典"在中国的传播似乎是一种自然而然的现象, 其实深层的原因是"红色经典"满足了当时中国社会的政治需求、革命的需要, 表达了广大人民群众的愿望, 所以受到高度重视。俄苏"红色经典"的爱国主义、社会主义, 以及战斗性、革命性使中国人民推翻三座大山的国内革命战争和反抗外来侵略者的民族解放战争得以顺利进行。

俄苏"红色经典"在新中国成立初期至"文革"所抱含的对共产主义必胜的信心, 对新中国国家意识领域产生了不可代替的积极影响, 我国文学界把俄苏"红色经典"与中国革命文学艺术运动的实际结合起来, 有了自己当代的"红色经典", 并进一步巩固了革命理想、革命信仰, 激发了革命的豪情壮志。"红色经典"指明了文学艺术必须为政治服务, 文学艺术事业必须是无产阶级的事业, 是党的任务, 可以说, 在此时一切都为了艺术是文学艺术工作者信奉的宗旨。苏联的文艺工作者以丰富的经验、实际行动告诉我们如何做一个合格的作家, 我们不仅要热爱艺术, 更要热爱它的内蕴, 即热爱革命; 苏联文学艺术给了我们崇高的美学享受, 也坚定了我们的共产主义信念, 鼓舞了我们的战斗意志。

俄苏"革命经典"在中国的传播与影响的另一条重要因素是新中国的广大读者在一定的时间内有了自己的认知与感受。新中国的成立结束了长达半个世纪的战争, 中国共产党让广大人民经济领域在翻身做主人, 但在文学领域却远远跟不上经济基础的变革, 战争给战后社会中生活的人们带来的影响比我们所估计的、想象的要深远的多, 当人们还没有完全摆脱硝烟弥漫的战争背景, 开始新的生活、从事社会主义革命和社会主义建设时, 文化、精神和心理上仍然无法抹掉战争所带来的伤痛, 使得人们想铭记住那段痛苦却辉煌的岁月,记住那些勇敢的战士,记住自己的亲人,所以渴望读到有关战争的作品。而俄苏"红色经典"中塑造的无产阶级英雄人物的形象,正好迎合了新中国广大读者在特定历史时期形成的审美期待和审美心理。俄苏"革命经典"中的理想主义和英雄主义情怀也与中国传统文化中舍生取义的伟大情怀和以"天下兴亡"为己任的伦理道德观念不谋而合,唤起了中国广大读者在情感深处的共鸣。另外,由于中苏两国政治意识、文化底蕴和文学观念都相似,所以中国作家喜爱俄苏文学。中国作家在"红色经典"中摄取文学养分时,采取了取其精华、去其糟粕的正确态度。他们因地制宜,客观地、有选择地对"红色经典"进行咀嚼、消化和吸收。所以,中国的"红色经典"既有俄苏"红色经典"的韵味,也有自己民族的特色。

苏联"红色经典"的市场随着苏联逐渐走向解体开始萎缩,西方的通俗读物大量进入俄罗斯,肆虐了"红色经典",苏联红色作家到了1980年以后就很少有作品问世了。20世纪90年代后,在书店的书架上已经几乎看不到这些红色样板。主要原因是随着俄国意识形态的转换、外国文学的大量涌入,人们对艺术形成了自己独特的见解与感受,"红色经典"的作品已经不能满足人们的需求。作品仅仅反映了理想主义,忽略了艺术的真实性,有些学者认为《钢铁是怎样炼成的》夸大了当时残酷斗争的现实、夸张了现实,使得年轻的人们放弃了对这些"虚构英雄"的崇拜和敬重。但主要还是受到当时世界格局的变化,苏联的解体及世界性文化转型,使多元文化冲击了当时的整个文化市场,读者很快就放弃了阅读经典诗歌、传统文学、"红色经典",而开始阅读武侠、侦探、科幻、幻想、情感、爱情小说。而传统文化的献身精神逐渐被大众文化的私人化生存规则所替代,年轻一代的个体主义价值观淡化了"革命经典"所宣扬的英雄主义、集体主义思想。当年上千万册发行的壮观场面和广大民众大早排书的高昂激情已不复存在,但在一些特定的市场中,仍有旧版"

红色经典"的书籍在出售,且新版的种类和印刷数量也不断上升。这样一种现象让不少人觉得,"红色经典"的当前状况是属于正常现象,在他们看来,过于政治化、革命化的文学作品并不是缺乏艺术价值,而是在解体的苏联国内人们刚刚摆脱束缚,迎来自由,"红色经典"很容易让人想起一个令人压抑的时代,不利于人们对艺术的欣赏和良好观念的形成,所有有学者认为,"红色经典"在现在这个时代已经可以退出历史舞台了。但是,也有相当一部分人对此表示担心,他们认为"经典"不论好坏都有其自身的历史意义,所以不能将"经典"与时代的联系轻易割断。

20世纪80年代末90年代初,随着中国以经济建设为中心的改革开放的深入,社会主义经济体制发生了根本的转变,实行全面市场经济体制。在社会主义市场经济体制的确立下,党和政府相应地调整了文艺政策,印刷业、发行业、出版社等不再由公共资助,转而面向市场,作品的出版、印刷、广告宣传和相配合的畅销、促销活动都在市场的运作下完成。1990年以前,文学艺术是国家管理人民工具,为国家说话工具,但随着经济及经济模式的不断发展,文化形式和文学内容也出现了变化,出现了以圈内行家认可和某读者群的欢迎为标志的纯文学(即高雅文化)和通俗文化(即正统文化),使文学由单元化模式向多元化模式转变,多种文化并存,由共名走向无名。中国当代"革命经典"作为当时的国家主流文化,充分体现国家主体意志和国家意识形态,由于多方面的原因在文化多元化的时代"红色经典"面临消沉的局面。这种局面是由人民和市场的变化发展而形成的。无论物质生产如何进化,物质产品达到怎样丰富的地步,人们物质需求得到满足的同时也需要精神满足。任何年代、任何民族,他们的精神世界总是相通的。在"政治"、"革命"意义不再成为文学创作的主流,"红色经典"原来的盛况已经不复存在,但它所包含的一系列催人向上的精神将会历久弥新。

第六章　苏联解体后的中俄文学

20世纪80年代，中国改革开放的春风吹遍大江南北，这也促使文艺政策、思想观念和文学思潮走向了一个新的高潮。我国文学界的专家们对当代20世纪文学的思想历史和中国的现当代文学史进行了进一步的研究和审视，从改革开放的视角重新认识文学上存在的各类问题并积极地弥补自身的不足。由于问题得到了很好的解决，因此20世纪80年代我国又出现了一大批新的俄罗斯文学爱好者。

第一节　沉睡中醒来的苏俄文学

中俄关系在邓小平召开的全国第四次文代会上做的报告上得到了缓和。在这样的时代背景下，迎来了空前繁荣的文学艺术的交流。这时中国近百家出版社先后译介出版的俄苏文学作品上万种，涉及的俄苏作家几千位，超出史上任何规模。这种译介出版态势与中国在20世纪50年代对苏联文学的接纳不同，因为它是在中国对外改革开放明显加快、全面吸纳外来文化的大潮中出现的。20世纪80年代俄罗斯文学作品占我国外国作品译文的大多数，这个数字比例在当时相当可观，此时俄罗斯作品在中国正值流行期，也说明在这期间俄苏文学仍然具有很重要的位置。

20世纪80年代在中国出现了研究俄苏文学的具有代表性的学术专刊，即北京师范大学编的《苏联文学》、北外编的《当代苏联文学》，这两本期刊在当时很有权威性。《苏联文学》在刚发表时为季刊, 苏联艺术家的木刻画《春天》印在封面上。该刊详细地介绍了俄苏文学的多方视角, 很有学术价值, 刊有诗歌、小说、剧本和影视作品等, 同时还有文学动态、作家介绍、创作漫谈、作品欣赏、评论等栏目, 内容丰富多彩。北京外国语大学编的《当代苏联文学》是部季刊, 次年改为双月刊, 1985年起改名为《当代苏联文学》, 该刊主要是译介苏联文学作品, 如改刊后就出了巴别尔、卡里姆和普拉东诺夫等百余位当代作家和 "回归" 作家的作品。

这一时期, 苏联文学的译介出现了不同景象, 19世纪的俄国传统文学也受到了广大中国读者的偏爱, 对俄国传统的名家名著译介的系统性、完整性有所增强, 著名作家陀思妥耶夫斯基和列夫·托尔斯泰等都有多种译本, 以前被遗漏的名著和比较好的作品也得到了充分重视和重新补译。俄苏作家肖洛霍夫、马雅可夫斯基等的作品也有不少中文译本, 过去被中国文坛忽视的苏联作家扎米亚京、布尔加科夫、叶赛宁、阿赫玛托娃、勃洛克、普里什文等的作品被人们所喜爱并得到出版。

苏联当代文学作品被译成中文的高潮出现于20世纪80年代前期和中期, 翻译的作品高达五六千种, 中国译者首先捕捉的目标是那些活跃于苏联当代文坛的著名作家及其有影响的作品。苏联作家万比洛夫、贝科夫、瓦西里耶夫、艾特玛托夫、叶夫图申科、邦达列夫、阿斯塔菲耶夫、拉斯普金、舒克申等的重要作品大都被中译, 苏联当代文学作品所独具的艺术魅力很快被中国广大读者所接受。

20世纪80年代西方现代主义文学对中国文学的影响极为深刻, 然而当代文学翻译评介工作中, 译者们还是格外偏重具有道德探索倾向的文学作品。在中国, 苏联文学拥有酷爱苏联文学的作家群体。好多经历过战争年代的老同志, 好多受过正统教育的青年人, 好多思考型的阅读者, 始终关注着当代苏联文学。可以说, 20世纪80年代是中国人接纳俄苏文学的又一个高峰期。俄苏文学名著和外国优秀文化已成为改革开放的中心。中国文学在文学创作方面，如选择题材、拓展主题和探索形式等都受到了苏联文学的影响。苏联文学对当代"人的命运"的多侧面的描摹、对不可逆转的改革趋势的揭示、深入百姓现实生活、体现民族特性等等，在20世纪80年代的中国文学中都可以找到它们留下的痕迹。

第二节　苏职解体后的苏俄文学与中国

中国作家在新时期特别关注当代苏俄文学，关于苏俄文学的译文反响很大，体现在以下个方面：一是对俄苏文学的了解更透彻，水平增强，许多大型的作品相继面世，以此证明我国对于俄苏文学的翻译工作已开始进入成熟阶段；二是主要的译介对象是俄苏当代文学作品；三是开始展开学术探讨和艺术方面的研究。中国的一些俄苏文学翻译和研究事业的奠基人，如曹靖华、戈宝权等老一代专家都还健在，一些俄罗斯研究者又重新回到那些激情燃烧的青年留苏岁月，投入到翻译的浪潮中去。改革开放恢复了高考制度，使进入大学的一些俄罗斯文学爱好者也积极地加入到翻译中来，例如：汪介之撰写的1993年由漓江出版社出版的《俄罗斯命运的回声——高尔基的思想与艺术探索》一书，论述了著名作家高尔基各个创作阶段的不同创作个性和艺术风格，并对高尔基的文学艺术与文学思想提出了许多独到的见解。倪蕊琴主编的1991年由上海华东师范大学出版社出版的《论中苏文学的发展进程》一书，选题新颖，开拓了俄苏当代文学发展的对应性研究和纵向的、历史的比较研究。北京大学李明滨教授创作的1990年由广州花城出版社作为《中国文学在国外丛书》之一出版的《中国文学在俄苏》，作为我国第一部把中国文学综合介绍到苏俄的著作，填补了苏俄学者研究中国文学的资料的空白，开创了中国文学在俄国译介的先河。《中国文学在俄苏》共12

章,第一、二章是中国文学在俄苏的历史现状,第三、四章是综合研究方面的成果,后八章大体按照中国文学史的时间表从神话开始,至现代文学结束,按每一时期逐一介绍。李明滨教授的《中国文学在俄苏》详细分析了18世纪俄国汉学兴起的原因,他在这部书中重点评述了中国文学思想与古典诗歌的研究家李谢维奇和研究中国通俗文学与民间文学著称的李福清。作者告诉我们,瓦西里耶夫创作的1880年出版发行的《中国文学史纲要》是世界上第一部中国文学史著作,这些资料对中国普通的阅读者来说是很新颖的。李明滨教授创作《中国文学在俄苏》时,基本上运用了比较文学的研究方法,即重材料、重史实、重实证。作者翻阅了大量的参考文献,收集了较完整的有关资料,如《简介》、《苏联中国文学译作》、《苏联中国文学研究论著》等,在此基础上经过多年积累、总结完稿。

俄苏文学艺术和理论在20世纪始终指导和深刻地影响着中国文学界和中国现代思想文化建设与发展,我们用一贯的延续的思路去评价和思考苏俄文学,缺少自己独到的见解和创新,独立涉足苏俄文学现代性价值和现代意义的很少。所以,我们要以中国人的独到思想、现代观念、创新意识去研究曾经深深影响我们的苏俄名著,然后得出外来文化如何对我国文化艺术领域产生深远影响;我们要在过去译介的基础上系统地去发掘20世纪俄苏被遗漏的名家名著、被排斥的作家作品和当年俄苏地下文学,为真实、科学、准确和全面地判断20世纪俄苏文学打下史料基础,采用全方位、多元化的视角去增强我们的历史反思感。

到了20世纪90年代,我国对俄罗斯文学研究有了新的探索和研究趋向:逐步深入研究俄罗斯重要文论家和文论;注重用现代多元视角阐释俄罗斯文学经典,特别关注加强俄罗斯现当代文学、俄罗斯文学史著作种类和数量大大增加;开始系统化研究俄罗斯文学学术史,尝试用哲学和文化阐释俄罗斯文学现象等。与此同时,比较文学的兴起和发展，给众多俄罗斯文学工作者带来了新的启示，拓宽了他们的视野，他们热情地投入到比较文学交叉的领域，而且在领会"比较"真谛的基础上，以更开阔的视野和胸襟展开对所谓纯俄国文学的研究，这也进一步拓展和加深了我国文学工作者对俄国文学研究深度和研究领域。如我国对普洛普、巴赫金等人的理论的研究和俄国形式主义、历史诗学研究都取得了显著成就。

　　研究的领域也更加拓展，并更具有中国特色的研究。比较文学的兴起使俄罗斯文学研究者突破传统研究方式方法，在经典作家研究方面取得了不一样的新成果。这些成果有不同的见解和不同的风格，如中国作家周启超的译文显示了我国学者自觉的比较意识的形成和学术视野的拓展，比较文学是以诸多相关学科的研究和外国文学（包括俄苏文学）对比研究为基础的，所以它能为当今外国文学、苏俄文学提供合理的营养，中国现今的俄苏文学研究仍然存在未涉足的薄弱环节，我们相信有了这种双向互动，中国文学的学术研究会取得更辉煌的成果。

　　对苏联解体后俄罗斯人的心态，俄罗斯当代作家佩列文在1999年出版的《"百事"一代》小说中写道："不能说俄罗斯人背叛了自己先前的观点，因为先前观点所指明的大方向随着苏联解体不复存在了，在智慧的掩盖下没留下任何细小的尘埃。四周体现的是另一种风景和另一种色彩。"苏联解体后，俄罗斯涌现出具有后现代特征的"别样文学"思潮，这和俄苏当时的文学有很大的差别，同时也意味着俄罗斯注入了新鲜的文学元素，这种思潮在一定程度上也影响了中国译者对俄罗斯文学的翻译。

　　20世纪末21世纪初的俄罗斯文学艺术对于中国来说已失去了指导性价值，即不是这个时代主旋律的反面教材，只是作为一份生动的历史遗产仅供参考。我们只能通过这十几年对俄罗斯文学的深入学术研究才能知道它对我们的价值。我国最近十多年来经历了思想解放、观念更新、进一步深化改革的历程，因而苏联解体以来反思社会主义现实主义问题的主流文学在中国已经不再是一种指导思想的文化资源。随着苏联意识形态解体与俄罗斯遭到西方国家的孤立，此时中国对这一时期的苏俄文学不再那么热衷，也没有渴望获得这方面知识的愿望，普通读者不再追踪当代俄国文坛讯息，思维模式在发生变化。中国20世纪末兴起的俄国"白银时代"文学热，比欧美晚10年以上，比俄罗斯要晚5年。在20世纪末世界上一些主要的文化大国普遍对俄国"白银时代"文学产生了浓厚兴趣，而且这一热潮现在还持续着。俄国"白银时代"有超越民族知识的普世精神、反高度物质消费的消费精神等特点，所以好多国家的有文化、有知识的读者转向俄罗斯"白银时代"文学。这表明在中国和俄罗斯具有一定阅读水准的知识性读者群正在形成。伴随着中国广大读者对当代问题认识的不断深化，20世纪90年代初我国兴起白银时代思潮，中俄文学关系的重大成果是华东师范大学出版社1991出版、倪蕊琴主编的《论中苏文学的发展进程》一书，这部著作采用了将系列论文编辑成书的方式。这说明在俄苏文学研究方面华东师范大学文学院具有一定的实力。

　　20世纪90年代中期我国第一部个人著述的系统的中俄文学比较研究的专著是汪介之先生撰写的《选择与失落——中俄文学关系的文化透视》一书，这部著作是从文化视角研究中俄文学关系的。我国第一部关于中俄文学关系史的专著是华东师范大学中文系陈建华教授撰写的《20世纪中俄文学关系》一书，他填补了中俄文学关系史的空白。《20世纪中俄文学关系》是一部"史书"和"通史"，此前的有关中俄文学关系史的著作都是专题性的著作或系列论文集。汪介之著的《回望与沉思》一书于2005年出版，本书主要重新认识全部20世纪俄苏文学、尝试梳理俄苏文学在中国的接受史。这种热情至今未减，不期竟导致近年来关于俄苏文学理论与批评在中国的译介、传播和影响的全过程的"回望与沉思"。我国一般读者对此知之甚少,因为我们只重视了俄罗斯文学的译介研究工作,忽视了对这个方面的介绍、传播和研究。值得一提的是,《中国文学在俄苏》一书,由李明滨撰写,发表3年后,他又写出了《中国文化在俄罗斯》,他的研究大大拓展了中国文学的存在空间,让人们更多地了解了俄罗斯文学,对中俄比较文学研究和对中国文学研究都具有重要的参考价值。

20世纪90年代的中国,掀起了一股翻天覆地的市场经济大潮,1991年末苏联解体,这两件大事极大地影响了携手走过一个世纪风雨的中俄(苏)文学。俄国经典文学名著的出版因不受版权的制约和有名著效应,并没有像当代文学那样译介量锐减,反而在此阶段再度繁荣起来,大量苏俄名人名著被重新译介。20世纪80年代中国就出版了俄苏作家陀思妥耶夫斯基、列夫·托尔斯泰和高尔基等的多卷文集,到了20世纪90年代初期和中期,又相继出版了多名俄苏作家的全集(或文集),如《涅克拉索夫文集》(4卷本)、《莱蒙托夫全集》(5卷本)、《果戈理全集》(7卷本)、《普希金文集》(10卷本)、《屠格涅夫全集》(12卷本)等。其中,最引人瞩目、最具成就感的是冯春先生独立完成的《普希金文集》(10卷本),这10卷译本中包含有译者重译的普希金所有重要的童话、散文、小说、诗体小说、文学论文、叙事诗、抒情诗和戏剧等,这些无一不充分体现出译者的高超水平。

从另一方面来看,这一时期出版的许多译本,较之前的译本在翻译水平上有了很大的提高,不少重译本在以前译本的基础上改进了许多。在这一时期,徐振亚和冯增义还新译出了长篇名著《卡拉玛佐夫兄弟》,许多的中国译者们还在为中俄文学的交流做着无私的奉献。20世纪90年代,他们与俄罗斯文学有着深厚的情结,继续关注俄苏文学并积极地从中汲取艺术的营养,不知疲倦而忘我工作着。这些作家的灵感来源于整个俄苏文学的思想、情调、氛围,他们主要从以下几个方面摄取俄苏文学的思想:承认爱情、有人情味儿、可以怀旧、失恋和温情等各种感情、内心世界的独白、喜欢描写大自然、文学界有一定的自由度。苏式的"社会主义现实主义"的口号也带有一些负面的成分,苏联文学自给自足的教化性和将伦理道德两极化处理的方法,妨碍了它进一步的发展和突破。在这一时期,我国的俄苏文学研究领域出现了严肃、冷静的态度。中国老中青三代学者不顾学术著作出版十分艰难,每年仍然撰写着具有现代意识的、有创新意义的研究成果,这充分说明我国对俄苏文学的研究仍然保持青春活力并且充满热情。

文学的根基是文化,所以一定要从文化的角度来研究文学,这种方法非常具有可行性。任光宣撰写的《俄国文学与宗教的关系》一书主要论述了俄国的宗教。宗教也是一种文化现象,但其具有特殊性。何云波撰写的《陀思妥耶夫斯基与俄罗斯文化精神》一书,虽然以作家为主要研究对象,但它与任光宣著作在方法上的相似之处在于从文化的角度探讨作家的创作和俄罗斯文化精神的关系。在这里我们推荐朱宪生撰写的《论屠格涅夫》和汪介之撰写的《俄罗斯命运的回声——高尔基思想与艺术探索》这两本书。朱宪生撰写的《论屠格涅夫》一书全面展示了他的文学创作和文学思想,但最主要的、最具有价值的还是对作家的意识风格和作品的艺术形式的探讨。汪介之撰写的《俄罗斯命运的回声——高尔基思想与艺术探索》一书突破了以往的批评模式,当之无愧地成为20世纪90年代中国高尔基研究的一个重要成果。他还提出了自己建立在"美学观点和历史观点统一,外部条件与主观因素兼顾"上的分期方法。在这个基础上,汪介之又提出了一系列的见解。除这两本书外,周起超撰写的《俄国象征派文学研究》一书极具理论气息和理论深度。郑体武撰写的论文集《危机与复兴——白银时代俄国文学论稿》着重研究了俄罗斯的现代主义诗歌,作者敏锐的观察和灵活的思想通过作品充分地表现出来。而张捷撰写的《苏联文学的最后七年》这部专著主要论述了1985—1991的苏联文学创作和文学思潮。该书是具有代表性的成果。中国在20世纪90年代前期和中期,除了上面提到的作品之外还陆续出版了叶水夫撰写的《苏俄文学史》中的当代部分、许贤绪撰写的《当代苏联小说》、倪蕊琴等编著的《当代苏俄文学史纲》、曹靖华主编的《俄苏文学》第三卷、黎皓智撰写的《苏俄当代文学史》等几部苏俄当代文学著作。这些作品从各个不同的视角、不同的文学意识、不同的文化理念比较全面地阐述了苏俄当代文学的发展进程,尤其对侨民文学和"回归文学"问题作出了重点描述。其实,在中国,俄苏文学比俄罗斯文学更具影响力,俄罗斯文学的读物和发行量相应的较少,原因是:在当今人们普遍认同知识全球化和文化多元化、苏联解体俄罗斯的国际影响力和国际地位下降、国内出现了文化多种化的现象。但是,我们也要清晰地看出以下三种情况:第一,俄罗斯文学作品在翻译的数量和种类上明显下降不代表中国读者群文学水平下降。第二,解体之后的俄罗斯文学仍然受到中国译者、俄罗斯文学读者群、研究者的关注。第三,我们现在接受俄罗斯文学的思想、意识更理性、更深入,因此没有必要一再地指责谁,关键在于从历史中寻求经验,获得未来发展的参照。只有真诚地、勇敢地面对自己的历史——哪怕这历史令人痛苦,一个人、一个民族才能真正地拥有未来。对于中国文学的未来的健康发展来说,也是如此。

下篇　20世纪中俄文学关系之生态文学

　　19世纪70年代，美国学者密克尔考察了文学作品，并将"生态学"概念引入到自己的《生存的悲剧：文学的生态学研究》中。他以一种新的文学批评的范式来审视人类对生态文学的研究。生态文学是一种以保护自然为主题的文学思潮，它兴起于20世纪四五十年代，主要表现的是人与自然的关系。它主张通过小说、散文、诗歌、报告文学等多种文学形式来表达人与自然的关系，调查构成生态危机的主要因素，强调生态危机对社会发展，甚至人类生存的重要影响，呼吁人类要正确处理人与自然的关系，爱护我们赖以生存的环境。文学在人类生活中占据了越来越重要的地位，无论是中国还是俄罗斯生态文学作家都创作出大量的生态文学作品，利用文学对人们生活的影响警醒世人生态危机的可怕性，呼吁人们构建人与自然的和谐关系，由此而初步形成了生态文学。生态文学的萌芽期是在普里什文生活和创作的时期，他的生态文学的视点是人与自然的亲密融合。尽管他的后期作品突出表现了生态意识，但当时还没有明确地形成生态文学的概念。俄苏文学多数是以保护自然、维护生态平衡为主题的。直到20世纪五六十年代以后，列昂诺夫的《俄罗斯森林》问世，苏联生态文学才得以形成。

　　中俄两国的文学关系源远流长，有着千丝万缕的联系。譬如中国文明中的老庄哲学、俄苏文学中的赤色经典之作，都曾在对方的国度留下了深刻的印记，并在对方文化发展的进程中起着巨大的作用。在普里什文的生态作品《人参》里有两位主人公，这两位分别是睿智的中国猎人和一位俄罗斯人，他们之间相处得很愉快。《人参》可以说是普里什文的众多作品中最完美的一部小说，这部小说很有中国韵味，同时也是在俄罗斯文学中，对中国人形象描写得最生动、最具体的一部作品。在构建和谐社会理念的指导下，我国也出现了许多学者热衷于和谐生态文化的伟大建设，他们来自不同的工作领域，有生态文学的创作者、生态文学理论的建构者、生态批评的评论者，更有许多翻译家，他们的任务是把俄罗斯生态大家的作品翻译成中文，传播优秀的俄罗斯生态文学。

"生态文学"在20世纪俄罗斯文坛上的地位举世瞩目。与此同时，俄罗斯文坛上的生态文学作品数量众多、内容丰富、领域宽广，堪称世界文学之最。列昂诺夫的长篇小说《俄罗斯森林》继承并发展了普里什文的生态文学思想，他提出了保护森林资源的口号，这在20世纪俄罗斯生态文学的发展中至关重要。还有很多生态文学家也都以"人和自然"为主题不断地进行着创作。20世纪中期，俄罗斯生态文学进入了黄金阶段。在这一时期出现的生态作品数量繁多、思想成熟，例如，马尔科夫的《啊，西伯利亚》、拉斯普京的《告别马焦拉》和《活着，可要记住》、阿斯塔菲耶夫的《鱼王》、瓦西里耶夫的《不要射击白天鹅》等等都出现在20世纪60年代，这些作品将普里什文传统发挥到了极致。许多作家把保护自然的题材与善恶斗争结合起来，与传统的道德题材挂起了钩，是这一时期最主要的表现之一。而到了20世纪八九十年代，人与自然和谐相处的意识已经上升为全球意识，作家们从多维视角，多主题、全方位地创作了许多优秀的作品，身在不同时期的作家对人与自然的关系、人与社会、人与人的理解存在许多不同观点，同时又以思想和道德为准绳，探索人与大自然之间的新秩序、新法则和新内涵。

第一章 俄罗斯生态文学产生的渊源与必然性

第一节 俄罗斯生态文学产生之原因

俄罗斯古代文学主要是赞叹大自然的美,以及表达人对自然的崇敬之情。19世纪50~60年代,随着人类社会及工业文明的发展与进步,人类不断地向大自然索取,毫无节制地破坏大自然,生态惨遭涂炭,从而引发生态危机造成人们的忧虑。19世纪末,俄罗斯作家以描述人与自然关系为题大致分成两大派:一派为纯艺术派,代表作家有费特、迈科夫、阿·托尔斯泰等。他们的作品大多是赞叹大自然之美,人们将自己的内心世界通过大自然体现出来。如迈科夫的《仙鹤》、《春》等风景诗,都以诗体的形式如实地描述出大自然的壮丽,很贴近自然。另一派为民主派,代表作家有奥加辽夫、尼基丁、涅克拉索夫等。他们的作品主要呼吁保护自然,揭露和谴责破坏人与自然和谐、构成生态危机的根源。涅氏创作的《马扎伊爷爷和兔子》、散文诗《萨莎》,描写了芸芸众生被毁、被摧残的画面,令读者痛心疾首。作者多处运用拟物手法将"打仗场面"比喻成破坏森林的行为,将那荒野尸骨比作树木,用"鲜血"比喻被砍伐树木流出的树汁。快疯了的飞禽妈妈们急着寻找在森林"血战"中丢失的鸟宝宝。令马扎伊老人更痛心的是茂盛的植被和荒无人烟的沼泽地里飞禽走兽慢慢消失,原因是人类不断地猎杀和捕捉它们,不断地破坏自然环境使野生植物也难以生存。老人看到这种场面愤恨地说出"你们的良心被狗叼走了"的慨叹。

生态文学或称环境文学是20世纪世界文坛上出现的一个新颖的文学现象，它以人为本，关注人类生存环境，旨在构建人与自然新型关系。20世纪初的生态文学作品并不引人注目。在普里什文、叶赛宁、高尔基等大家的作品中，都充满了强烈的生态忧患意识，作家们意识到人类对自然不合理地利用及工农业发展带来的环境污染、乱捕滥猎、毁林造田、不合理地引进物种等都是人类对生态平衡的破坏，更主要的是因为人类道德的沦丧以及审美情趣的丧失造成的。20世纪中叶，随着社会的进步、科学技术的发展、经济的无序大开发，多数作家呼吁人类要处理好人与大自然的关系，要与大自然和谐相处、保护生态。在帕乌斯托夫斯基、索洛乌欣、艾特玛托夫、列昂诺夫、拉斯普京、雷特海乌、阿斯塔菲耶夫、瓦西里耶夫、普里什文等作家的作品，都在生态保护方面起到了呼唤人类生态思想、生态良知的积极作用。

20世纪的俄罗斯文学家们，不但继承了祖先的优良传统文化，如诗似画、原汁原味地赞美俄罗斯大自然的美丽，呼吁人类关爱大自然、保护大自然、关注人和大自然的共同命运，揭露和谴责了人类破坏生态环境、屠杀生灵的恶行；还将人与自然的关系和人的伦理道德、精神结合起来思考，从人的精神世界探讨人与自然之间的新型的和谐关系、辩证关系、亲情关系和共存关系。

纵观俄罗斯文学史，不难看出他们的传统主题是人与自然的母题，江河湖海、冰川高原、花虫鱼草、一切动植被都赋于美的含义，都和人的个性意识紧紧依附。俄罗斯生态文学是世界生态文学的重要组成部分，其生态意识也是由来已久的。从文体上看，俄罗斯生态文学可分为三大类：一是以森林草原、江河湖海等大自然为背景的小说作品，一是以科学性、知识性、社会实际性为主题的故事、报告文学、散文,最后是以拟人化、幻想方式描述的人类生态文明作品。无论是现实主义的作品,还是自然哲理小说,它们的共同点是:作者本身热爱大自然、保护生态环境,从生态伦理意义上探讨了人与自然、人与社会、人与人的亲情关系,提倡环保意识,推动人类文明的永续发展。

第二节　俄罗斯生态文学与地理环境的关系

俄罗斯地跨欧亚大陆,领土大部位于亚洲地区,部分与欧洲地区毗邻,国土面积为1700多万平方公里,是世界上国土面积最大的国家。由于幅员辽阔、人口数量稀少,地广人稀造成自然资源相对比较丰富。由于其地域辽阔,气候及地形极具多样化,因此其境内自南向北依次为半荒漠地带、森林草原地带、森林地带、森林冻土地带、草原地带、冻土地带和北极荒漠。亚欧大陆大部分地区处于北温带,气候多样,以温带大陆性气候为主,但北极圈以北属于寒带气候。气候寒冷、条件恶劣、土地贫瘠、远离海洋气候等特殊地理环境严重地影响着俄罗斯经济的发展,另外,俄罗斯无天然防御屏障很容易受到外来侵略者的袭击,并且地广人稀、冬天气候寒冷、交通不便,大大增加了行政管理的难度。

俄罗斯人固有的吃苦耐劳、坚忍顽强、崇尚团队性格是由特殊的地理环境和生存环境造成的。俄罗斯国土面积近一半被森林覆盖,因此,自古以来俄罗斯民族就被称为"战斗民族"、"森林民族"是有其缘故的。俄罗斯的森林美丽如画、生命和谐相处、恬静无扰,使人们感受到森林美、环境美和自然美,也为追求理想、寄托哀思的人提供了避风湾。俄罗斯文学史上,普希金、屠格涅夫、莱蒙托夫、特罗耶波尔斯基、布宁、托尔斯泰、肖洛霍夫等许多大文豪在他们的作品中都有描写森林的篇幅,赞美俄罗斯森林的美丽和高雅,它被誉为"俄罗斯民族之魂"。这些作家描绘的森林是那么和谐,人类为了保护森林,不乱砍乱伐树木,不彻底毁灭森林。俄罗斯民族能从森林中感受到它的美丽、庄严、肃穆、多情、恬静、博爱、和谐、虔敬苦难的生态理念和历史文化精神。另一方面,俄罗斯农民保护生态平衡,边生产边植树造林,用多年辛勤劳动保留着俄罗斯森林的美丽景色,使贫瘠的土地肥沃,使风景更加绚丽多姿。多个世纪以来,神巧奥妙、美丽和谐的俄罗斯森林吸引了多少文人墨客为之倾心、为之挥墨,而冬天的俄罗斯森林及林间的沉静、神秘、孤寂也给俄罗斯文学家的写作蒙上了一种忧虑、凝重、深沉的格调。有关森林的专著、小说、诗歌、散文、报告文学、期刊、电影都论述了森林与气候、人类的关系和人、气候与动植物的关系。在描述人和森林关系时,也有一些人着重谈人类是怎样践踏森林,给森林带来灾难性的影响,从不提起森林对俄国人民的民族性格的形成具有重要影响。其实,对俄罗斯人来说,俄罗斯人民性格形成与森林密切关系。它是生物赖以生存的环境和美好心灵的家园,生态文学家们关怀大自然、森林、关注大自然的命运,关心人的命运,揭露和谴责破坏人与自然关系、破坏生态的行为。

第三节　宗教与俄罗斯生态文学的互蕴与互镶

俄罗斯民族信仰宗教,自988年"罗斯受洗"起有近千年历史的东正教就是俄罗斯民族的国教,东正教属于基督教,这种宗教文化深刻影响了俄罗斯独特的民族精神。俄罗斯的救世理论、村社传统和专制制度都离不开东正教的影响。俄罗斯民族的宗教情感和其他国家基督教民族相比多神教和原始自然崇拜因素较多,太阳崇拜、月亮崇拜、风雨雪雷电崇拜、水崇拜、树崇拜、土地崇拜等纯大自然崇拜现象不仅渗透到了俄罗斯的东正教,而且也体现在俄罗斯文学中。就自然崇拜而言，俄罗斯文学作品中大量出现的"大地之源"、"地球人"、"生命之树"、"母亲河"、"母亲大地"、"生命之河"就反映了这一点。俄罗斯人独特的思维模式和这个民族信仰宗教是分不开的。不信者也有宗教忧虑，那些宗教信徒大多数是唯物主义者，其骨子里都带有浓厚的宗教色彩，俄罗斯这个民族即使脱离了宗教，也要去追寻神和生命的意义。俄罗斯人的思想表达方式更离不开宗教信仰，俄罗斯文学家们从哲学角度探究生命和世界时都带有宗教意味，俄罗斯的宗教哲学解说生命时具有浓厚的宗教情感，这和俄罗斯的宗教哲学重事实、缺抽象有关。

在早期的俄罗斯生态文学中泛神论思潮较为广泛，在文学作品中有许多关于大自然的神话。俄罗斯宗教哲学主要的代表作家有阿斯塔菲耶夫、艾特玛托夫、拉斯普京等，他们把理性与信仰、科学与宗教天衣无缝地联系在一起。索洛维约夫则更加完善了俄罗斯的宗教哲学，他的思想对俄罗斯的思想文化界、宗教哲学界、文学艺术等各界都极具影响力。因此，各界对人与自然关系的研究都深受索洛维约夫思想的影响。文学作品作为神话的载体，它主要记录和保存了神话，并且为创造神话起到了参考作用。大家不妨看看阿斯塔菲耶夫1972—1975年著的《鱼王》、艾特玛托夫1970年创作的《白轮船》和1986年创作的《断头台》、拉斯普京1976年完成的《告别马焦拉》这四部具有影响力的生态小说，去探讨作品中的宗教意识。三位作家的信仰不同，拉斯普京和阿斯塔菲耶夫信仰东正教，艾特玛托夫是个无神论者。然而，他们的作品都以中亚草原和西伯利亚为背景塑造了自然神形象。在他们的作品中，以种种形式体现了大自然的神性。阿斯塔菲耶夫生长在俄罗斯西伯利亚冻土地带叶尼塞河畔，和那里的每一寸土地、山河、人民亲切相依。他的《鱼王》主要描述了一个游子重返故乡时的所见所思，表达了他对大自然的赞美与敬畏之情。他把叶尼塞河称为"生命之河"，"鱼王"是作品里面的一条带有女性意味的鳇鱼，他把大自然比喻为女性、母亲的形象。这里提到的"生命之树"、"生命之河"、"母亲河"、"母亲大地"都可以延伸到神话意识。作者笔下的自然处处弥漫着人性、神性及人与自然的神性感应。在拉斯普京著的《告别马焦拉》一文中，"树王"和"岛主"这两个超现实的形象把神秘的大自然感性地表现出来。"树王"是一个有灵魂的大树，他是大自然之魂。这棵大树位高权重，神通广大，它把美丽的马焦拉岛固定在河底。外来人用斧子砍它，斧子就被弹开，用油锯锯它，油锯就被卡住，"树王"能够阻止一切企图杀害的行为，保护着大自然的安危。人们焚烧马焦拉树林时毁灭了它周围的一切，因此它失去了神力，再有外来侵犯者他也无能为力。"岛主"是只小动物，洞察力较强，时刻关注着岛上的一举一动。但它只是一个手无缚鸡之力的小动物，当人类面临危机的时候，它却毫无办法，只能在那里发出无助的哀鸣。拉斯普京在作品中充分表达出他的哲学宗教的处世观。而艾特玛托夫在神话意识方面要比拉斯普京和阿斯塔菲耶夫更强烈、更自觉。他善于用神话深思述说人生悲剧，他的作品本身就是现代神话。

第二章　地球忧患意识

第一节　绿色的忧思与绿色的期待

　　俄罗斯生态文学是俄罗斯文学中的一个分支。环境文学兴起于20世纪40年代末至50年代初，它主张通过小说、散文、诗歌、报告文学等传统文学形式从生态伦理意义上来审视与探讨人与自然的关系。提倡保护环境，既是生态文学鲜明的主题，也是其最首要特征。为了加快人类生态文明的进程，它呼吁人们走可持续发展的道路，增强保护生态环境的意识。生态文学从人的精神、人性、伦理道德、人道主义的层面关注了人类的生存环境、生态平衡和人与自然的关系，探索人与自然之间的新型和谐关系、辩证关系、亲情关系和共存关系。所以说生态文学是世界文学艺术宝库中的不可缺少的一部分，它不仅让人们感受到了文学的真正艺术价值，也让人类的环保事业多了一份成功的希望。而现今生态危机已然成为威胁全人类生存最严重的问题之一，幸好那些具有很强责任感的作家一直都在对人类的环保事业不懈努力着，培养人们积极的生态意识与生态世界观。因此，对生态文学的研究具有一定的现实意义和理论价值。

　　20世纪俄罗斯生态文学在世界文学史上占有很重要的位置，它的涉及面很大，内容普及面也很广，而且取得了举世瞩目的成就。伟大的生态学家普里什文被誉为"大自然的弥撒"、俄罗斯生态文学的领军人物、"大自然的器官"，得此殊荣是因他保护大自然的生态理念非常先进，对现代保护自然起到了非常大的作用。文学家列昂诺夫著的《俄罗斯森林》是保护大自然、保护生态的宣言书，以此展开了俄罗斯的生态文学序幕。此后一大批保护大自然、探讨人与自然关系问题的经典之作陆续出现，这些作品不断地深化保护自然这一主题，其中不乏比较典型的作品，例如，阿斯塔菲耶夫(1972—1975)著的《鱼王》、艾特玛托夫1970年创作的《白轮船》和1986年创作的《断头台》、拉斯普京1976年写的《告别马焦拉》和《火灾》、瓦西里耶夫写的《不要射击白天鹅》、特罗耶波尔斯基创作的《白比姆黑耳朵》。这些具有时代感和使命感的文学巨匠们从不同的角度分析了人与自然的关系，如人与自然的内在道德含义、它们之间的关系定位等，一支声势浩大的热爱自然和保护生态环境的队伍就此组成。其实在20世纪80年代俄罗斯文学评论家就已经注意到了俄罗斯文学中的人与自然的主题，如阿啦普钦科分别于1985年、1989年出版的专著《俄罗斯社会哲理小说中的人与土地》和《苏联70~80年代小说中的人与自然》，1987年扎雷金的关于文学与自然的随笔《评论》和《文学与现代》等。我国的文学家在20世纪90年代也对俄罗斯生态文学给予了关注，如1992年第2期刊出的《苏联文学》（现为《俄罗斯文艺》）是写苏联生态文学的专刊。裴家勤的《苏联生态文学》是我国最早关注俄罗斯生态文学的文章，特别是近年来，我国的不少学者写文章对俄罗斯生态文学中人与自然的主题作出评价，显然这些理论和著作还不够，在这些作品中尤其少见对俄罗斯国内生态批评理论的介绍。从俄罗斯文学史上我们很容易看出，俄罗斯人对大自然的兴衰、保护自然环境、人与大自然的辩证关系很关心。一部俄罗斯生态文学史，就是一部俄罗斯人热爱自然、保护自然、再现自然的历史。可以发现在俄罗斯文学史中，俄罗斯文学的传统主题一直是人与自然的关系。作家阿斯塔菲耶夫、契诃夫、拉斯普京、托尔斯泰、莱蒙托夫、普希金等的作品，很大一部分是在赞美俄罗斯的大自然, 歌颂俄罗斯的山川、河流、森林树木、大地、蓝天, 同时这些作品在人与自然的辩证关系上也进行了深入的探索。如1907年莱蒙托夫的《当代英雄》传入中国, 还有契诃夫著的《樱桃园》被收入《共学社俄罗斯文学丛书·俄国戏曲集9》, 由上海商务印书馆在1921年印发; 还有俞获译本, 被收入《时代译文丛刊》, 都比较深入地描写了大自然, 赞美她的超凡脱俗之处, 好像是晴天的阳光永远都在闪耀着光芒。有的作家把大自然比作母亲, 因为她即赋予了生命, 又主宰了灭亡, 在她本身就已经是一个完整的生命体。托尔斯泰说: "当置身于美丽的大自然和奇妙的大森林中时, 心中的恶念和敌意、复仇心理和嗜杀欲望便自然消失。" 众所周知, 普里什文是20世纪俄罗斯生态文学的鼻祖, 他在20世纪的二三十年代就已经写出对人与自然关系不平衡、不和谐的担忧。其作品于1929年传入中国, 主要译者有高滔、潘安荣、张草纫、张守仁、茹香雪、非琴等, 他的作品鲜明地指出了大自然被破坏的原因, 一是由于经济的无序发展, 二是因为人的审美情趣、环保意识、精神贫乏及道德的缺失。1953年, 另一位俄罗斯作家列昂诺夫发表了长篇小说《俄罗斯森林》, 刘辽逸节译本, 载于1957年《译文》; 姜长斌译本, 由黑龙江人民出版社1984年印发。列昂诺夫在文中写出了对破坏和肆意地索取大自然的行为的不满, 并且说人类要走可持续发展道路, 就要提高保护生态环境、保护森林资源的意识, 这样才可以加快人类生态文明的进程。此后, 又有好多作家呼吁人类要处理好与大自然的关系, 要与大自然和谐相处、保护生态环境。艾特玛托夫、雷特海乌、瓦西里耶夫、拉斯普京、艾特玛托夫、阿斯塔菲耶夫、列昂诺夫等作家的作品, 都在唤醒人类的生态意识和保护环境方面起到了积极的作用。

俄罗斯作家对于土地、家园、环境、森林、湖泊、生物、非生物等大自然里的一切都是有很深的感情的。比如, 描写动物的作品, 俄罗斯文学中例子有很多：特罗耶波尔斯基的《白比姆黑耳朵》和普里什文的《大自然的日历》这两部作品描写的狗，都是以人类忠诚的朋友身份出现，当然这都是很传统的角色；叶赛宁著的《狗之歌》和屠格涅夫著的《木木》中的狗，是以弱势群体的角色出现。作家高尔基在听了叶赛宁朗诵的《狗之歌》之后，评价叶赛宁是对一切生物的爱与恻隐之心而创造出来的一个器官。当然，俄罗斯的但凡喜爱大自然的文学家，根据高尔基的观点都可以称得上"器官"。作家阿斯塔菲耶夫的文章就有这样的感染力，他一向喜欢钓鱼，有一天竟然萌生一种感慨：鱼儿是否会哭泣呢？鱼是生活在水中的，它不会说话也不会喊叫，即使哭泣又谁能知道呢？要是会说话喊叫的话，整条叶尼塞河，甚至所有的河流岂不都要吼声如雷贯耳吗？日本的村上春树也曾发出过"有谁见过水中鱼儿的眼泪"这样的感慨，这句很平常的话在我国曾一度盛行。

　　说到俄罗斯文学中的动物，我们就要去探讨俄罗斯的"渔猎文学"了，像托尔斯泰、屠格涅夫、谢·阿克萨科夫、涅克拉索夫、普里什文等俄罗斯作家和诗人他们都有打猎的爱好，但从当代的生态保护方面就有人对俄罗斯作家和诗人的自然生态观提出了质疑。在打猎问题上普里什文对西方人和俄罗斯人有不同的看法，他认为西方人是将打猎当做一种消遣或一项运动，而俄罗斯人打猎是一种认识自然的方式，其中包含的是对自然的爱，也是保护自然的一种方法，更是为了获得生活乐趣。也许打猎是对自然的热爱、是对自然的保护这种说法不合乎逻辑，但在生态平衡、物种丰富、未开发的原始地带，打猎确是一种接触自然、了解自然的方式，对于大自然的生存挑战，如鳄鱼捕食过河的犀牛、豹子捕食羚羊、老鹰抓野兔，以及一系列的生存斗争，称之为生物链，我们没有人去怀疑它们会不环保。俄罗斯作家和诗人狩猎，一个是单纯为了生存、为了在森林中生活需要的口粮；另外一个是为了研究，如为标本馆或博物馆提供标本。

后来普里什文、托尔斯泰等人也都纷纷放弃了打猎。俄罗斯作家和诗人都非常关注与喜欢动植物，普里什文把大自然比作是"伟大的家"，对自然万物都以"我的"相称，对大自然中的各种事物和每一个精彩的部分都充满了爱的温情，他能听到海边心形礁石在海浪的拍击下产生的"心跳"声，他能从花草的开放中感受到大地与阳光相交会的过程，他能从泥泞中感觉到那些沼泽在"思考"。拉斯普京在《告别马焦拉》中描写了一个非常令人感动的场面：女主人公纳斯塔霞恋恋不舍多年居住的老屋即将沉入水库中，就像诀别老朋友一样看着老屋，嘴里不停地叨咕，尽管她把老屋里里外外收拾得干干净净，但还是于心不忍，于是在窗户上又重新挂好窗帘，在门口按原样铺好旧地毯，临走前在炉子里生了最后一把火，让老屋不要冷冷清清而是暖暖和和地留下来。很生动地写出了房屋的女主人公纳斯塔霞对老屋的深深眷恋，可以看出她对故乡的恋情，也同时表达了拉斯普京等俄罗斯作家们对赖以生存的故乡和精神归宿的大自然有多么的依恋。

俄罗斯的生态文学是一种多角度、多层次地反映多方面的生态文学。俄语的"自然"（природа）一词，既代表客观存在的"自然"，又代表作为人的本性中的"自然"，"自然"这个词由前置词"在……时候"（при）加上名词"出生"（род）组成，意思是某种"天生具有的性质"。俄罗斯人心中的"自然"，不仅指自然万物、河流山川、森林草地、荒漠雨林、小溪瀑布等，还包括人本身自然的品行、被人类意识到的自然等。"自然"所具有的多种含义，决定了俄罗斯生态文学中以大自然为题材的文章所具备的多重维度。俄罗斯生态文学家描述的人与大自然的关系，一般把人的精神、人性、人的伦理道德和自然主题结合起来，使俄罗斯生态文学在很多的文化领域中得以体现，如社会学、伦理学、宗教、哲学、自然科学等等，从而产生了多学科之间的相互交叉与渗透，所以在俄罗斯文学中我们很难找到"纯粹的"、狭义的生态文学作品,而生态文学给我们呈现的是多领域、多学科相互交叉和互相渗透所形成的"综合的"、"泛化的"生态文学。俄罗斯"纯粹的"、狭义的生态文学作品是从俄罗斯作家普里什文(1873—1954)的创作开始的。所以,俄罗斯的生态文学始终没有融入到西方生态文学体系中;主要原因是俄罗斯的生态文学包罗万象,选材风格广泛涉及的领域多。俄罗斯的生态文学属于"综合的"生态文学,其原因主要是他们所遇到的生态问题不十分严峻,俄罗斯民族关爱大自然、保护大自然的态度与所持的生态立场及民族的感情是分不开的。这和环保组织、动物保护及绿色组织所刻意地呵护自然是不一样的。在俄罗斯把大自然或自然与人当创作主题的文学要比其他欧洲国家发达,成就卓越,创作数量也居于世界领先地位,除了上面提到的体制原因外,另一方面的原因来自自然地理环境方面。俄罗斯山地和高原的面积比例并不是特别大,但是平原上交织着一片片绵延不断的丘陵和低洼沼泽地,一条条河流贯穿于丘陵,湖泊和广阔的海域则更多,这些都是创造俄罗斯大自然文学作品的优质的天然资源。20世纪的俄罗斯生态文学家们,把人与自然的关系当做永恒的民族问题和人类问题。他们认为大自然不仅给人们提供了物质生活,还给人们带来了精神生活。他们不但继承了祖先的优良传统文化,如诗如画、原汁原味地歌颂俄罗斯大自然的美丽,还呼吁人类关爱大自然、保护大自然、关注人和大自然的命运,揭露和谴责了人类破坏生态环境、屠杀生灵的行为。俄罗斯文学一直对人们的情绪观察描写得细致入微,为了博得读者的关注,作者在不断地了解不同阶级人民生活的落差、不停地去探索与追寻怎样与自己的读者才能更接近。

可以说20世纪的俄罗斯文学,是对人与大自然关系的探索及对整个人类和民族感情的追寻。20世纪90年代初期,俄罗斯生态文学作品并没有引起人们太多的关切和注意,只是对生态文学打下了坚实的基础。但在20世纪中叶，因为科学技术的快速发展、社会的大进步、经济的无序开发，多数作家呼吁人类要处理好人与大自然的关系，要与大自然和谐相处，保护生态。这一时期的生态文学作家和诗人有帕乌斯托夫斯基、雷特海乌、卡扎科夫、瓦西里耶夫、谢苗诺夫、拉斯普京、科茹霍娃、艾特玛托夫、阿斯塔菲耶夫、索洛乌欣、列昂诺夫、奇维利欣、普里什文等等，这些作家承认人与自然是一体的，还认为，大自然不仅是人民的劳动的对象，也是人类和动植物的生命的主体，大自然对人们审美意识和伦理道德的形成有重大的影响。帕乌斯托夫斯基认为："对大自然不了解、不热爱、不懂得生态的文学家……就不是一个合格的生态文学家。"索洛乌欣著的《城市的春天》、《野花》、《鸥鹰》、《面包》等诗篇中，对于人类与自然和谐相统一的关系描写得很细致。他认为，人是从大自然里出生的，人永远是大自然的一部分，这是社会的不变法则。人的心灵是与大自然的美相通的，所以许多的美术家、音乐家、雕塑家和建筑师得益于大自然的恩惠，因此也创造了许多著名的艺术形象，又让人们懂得了怎样感受、观察和欣赏美与爱，同时也丰富了人们的精神世界，故讴歌大自然、赞美大自然才成为永恒。

第二节　俄生态文学在中国的潮起

厦门大学研究欧美生态文学的大学者王诺先生的《欧美生态文学》一书，论述了俄苏生态文学作家阿斯塔菲耶夫、拉斯普京、艾特玛托夫等等的作品。其中写到"阿斯塔菲耶夫把人类征服自然与男性征服女性联系到一起思考，这与后来的生态女性主义的观点非常接近"，而这句话可以说是最早将阿斯塔菲耶夫作品中的生态女性主义解释出来的。王诺在介绍俄生态文学时，曾谈论过列昂诺夫的《俄罗斯森林》，全面论述了森林及保护森林的意义，指出了保护森林的重要性。森林是人类共有的财富，理应归属于千秋万代，而绝不是作为某一代人的专有财产而存在的。森林是人类进步的"绿色朋友"，摧残它就等于是贻害子孙、贻害人类！

　　杨素梅、闫吉青两位青年学者主编的由人民文学出版社2006年出版的《俄罗斯生态文学论》一书，让人们热切关注到生态文学、生态批评。20世纪被称作一个"生态诗学"的世纪，生态文学为我们怎样面对这个生态失衡、人性复杂的年代敲响了警钟。杨素梅、闫吉青是河南大学外语学院俄语系学科带头人。从2000年起，她们先后共同承担了河南大学人文社科项目和河南省教育厅人文社科项目"俄罗斯生态文学研究"，经过多年潜心研究和查阅大量俄罗斯生态文学作品和文献资料，终于完成《俄罗斯生态文学论》这本专著。本书的写作重点是20世纪俄罗斯生态文学，共分上、下两篇，从生态学的角度历史地解读了俄罗斯文学中永远的母题——人与自然，深入探讨了特罗耶波尔斯基、艾特玛托夫、拉斯普京、阿斯塔菲耶夫、列昂诺夫、帕乌斯托夫斯基、普里什文、叶赛宁、库普林、托尔斯泰、屠格涅夫、丘特切夫、普希金等作家和诗人的比姆之歌、生态伦理道德思想、家园之虑、生态意识、森林生态观、森林美学观、生态思想、自然哲理思想、理想人格的呼唤、回归自然之径、少女形象的自然美、自然哲理诗的现实价值、诗意生存方式等论题和较具代表性的俄罗斯古典文学、近代文学中关于"人与自然"的经典作品，对俄罗斯作家创作中的生态意识和生态思想进行了评述。让我们体味到普希金、托尔斯泰、库普林等文学巨匠笔下诗意的人生及其回归自然的诗性探索，也使我们感受到叶赛宁、普里什文等文人对自然的亲情关照，而最让我们难以忘怀的是艾特玛托夫、拉斯普京、阿斯塔菲耶夫等大师那种震撼人心的生态悲剧中人性的悲哀。该书是我国第一部研究俄罗斯生态文学的专著。学者刘文飞在为本书作序时指出，本书的两位作者正是从人与自然这个母题的角度出发，回顾了19世纪的俄罗斯文学，极为别致地解读了当时俄罗斯经典文学家关于客观（即"山水"）和主观（即"人性"）两种"自然"的观照方式。

　　如果说，这个还达不到"生态批评"的高度的话，两位作者在《20世纪俄罗斯生态文学》一文的下篇中，把目光更多地聚焦在森林、土地、故乡、家园生态伦理道德及环保等具体的生态文学问题上，并进一步深入细致地探析了拉斯普京、索洛乌欣、阿斯塔菲耶夫、列昂诺夫、帕乌斯托夫斯基、普里什文、叶赛宁等作家的家园之虑、森林生态观、森林美学观、生态思想、自然哲理思想，勾勒出一幅20世纪俄罗斯生态文学比较完整的画卷，使我们对俄罗斯文坛中的生态文学有了一个较全面、概括性的了解。

　　这是一种"伦理、道德的"精神层面的生态文学。俄罗斯人的"生态意识"比我们觉醒得早。俄罗斯文学极富精神价值、伦理道德感、责任感和使命感，俄罗斯作家典型地体现了俄罗斯知识分子的弥赛亚（天主教译作默西亚，英语Messiah，是个圣经词语，与希腊语词基督是一个意思，在希伯来语中最初的意思是受膏者，指的是上帝所选中的人，具有特殊的权力，受膏者是"被委任担当特别职务的人"的意思，是一个头衔或者称号，并不是名字。另有很多艺术作品，如清唱剧目、音乐专辑、动漫等中亦有"弥赛亚"）意识，他们处理人和自然辩证关系时，都是以伦理道德来衡量它的。作家屠格涅夫和契诃夫作品中的大牧场和绿色大草原，则往往象征着俄罗斯人的纯洁道德；莱蒙托夫、普希金、托尔斯泰等作家描述的高加索，不仅是对比映照主角性格的一种独特"场景"，同时还是浪漫主义文学家之归隐朝向的那种"自然"。到了20世纪，俄罗斯生态文学把人与自然的关系同伦理道德问题紧密联系在一起，以拉斯普京、阿斯塔菲耶夫等人为核心的"西伯利亚作家群"坚守作为民族根基的土地、故乡和家园，"普里什文流派"发掘俄罗斯大自然及所蕴涵的历史文化价值,都是如此。阿斯塔菲耶夫认为,人对自然的态度就反映出了人们的精神、心灵、品格、哲学、对周围人的态度,即反映了人的伦理道德水准。俄罗斯生态文学自身的特色是人与自然的关系就是一种伦理道德问题,这也成为俄罗斯文学中过于强大的道德传统影响,甚至影响其他文学因素的一个案例,说明俄罗斯文化中存在某种"人类中心主义"的现象。

俄罗斯生态文学也是一种"亲情的"生态文学。生态文学家普里什文曾提出过一个"亲人般的关注родственное внимание",其认为与大自然的亲缘关系和对大自然的亲善态度是"心灵和反映对象的融合",是"一种行为方式"的准则。俄罗斯人在文学艺术和日常生活中都表现出一种"集体无意识"的与大自然亲密无间的关系。

周湘鲁学者著的由学林出版社2009年10月出版的《俄罗斯生态文学》一书,属欧美生态文学研究丛书系列。作者周湘鲁1970年生,湖南常德人,文学博士,厦门大学中文系讲师,专著《俄罗斯生态文学》重点论述19—20世纪俄罗斯文坛上的生态文学,从生态学的角度历史地对较具代表性的俄罗斯古典文学、近代文学中关于"人与自然"的经典作品进行解读,对俄罗斯作家创作中的生态意识和生态思想进行了评述。具体内容如下:第一章19世纪之前俄国文学中的自然;第二章19世纪俄国文学的自然主题,包括诗歌与小说中的自然、"渔猎"与生态保护、丘特切夫的自然哲理诗、远东的人与自然;第三章20世纪20年代苏联文学的生态主题,包括新农民派诗歌中的生态内容、叶赛宁诗歌中的大自然、"钢铁赞歌"及反乌托邦文学中的生态思想;第四章主要的苏联生态文学家,主要介绍了普里什文、列昂诺夫、阿斯塔菲耶夫、艾特玛托夫及拉斯普京等。

杨素梅学者在学位论文《人与自然的和谐与冲撞——论俄罗斯生态文学》中指出,20世纪中叶以来环境问题是人类面对的最紧迫的问题,已经引起许多作家、文学家、诗人和文艺批评家的密切关注。美国蕾切尔·卡逊著的长篇报告文学《寂静的春天》拉开了世界生态文艺的序幕。此后,描写大自然、保护环境、保护生态和人与自然关系的作品如雨后春笋般地多起来,迅速在全世界范围内掀起了一股"生态文艺潮"。其中,有些作家以文学作品的形式表现人类社会生态与精神生态的危机,有些作家侧重于反映严酷的生态危机,有些作家则致力于探索人与自然关系的内涵,生态文学便是这股生态文艺潮的重要组成部分。《人与自然的和谐与冲撞——论俄罗斯生态文学》由五部分组成,详细论述了俄罗斯文坛上的生态文学。引言主要概述了生态现状、生态文学的含义、其理论价值和现实意义、自然对文学的影响及文学家对自然的关注、生态问题已引起文学家的担忧。第一章简述了人与自然的过去、现在、将来的关系,世人已开始关注生态问题,俄罗斯作家带着其高度的责任感和敏锐的眼光关注生态问题。第二章主要叙述俄罗斯生态文学的孕育过程——俄罗斯生态文学的形成大约经历了100年的孕育阶段(19世纪30~40年代);古代文学中描述的人与自然的和谐统一的关系及人对大自然的崇拜;19世纪中期由于人类社会的发展,人与自然间日益激烈的冲突,一些文学家对人类破坏大自然的忧虑;20世纪上半叶,叶赛宁、普里什文、索洛乌欣等作家在自己的作品中他们对生态平衡的担心,对人类以后的发展表现出了强烈的忧患意识。第三章为该文的主要部分,详细介绍了20世纪中叶到20世纪末俄罗斯生态文学的主要作家及其作品,有列昂诺夫撰写的《俄罗斯森林》、瓦西里耶夫完成的《不要射击白天鹅》、阿斯塔菲耶夫的《鱼工》、拉斯普京写的《火灾》、艾特玛托夫著的《白轮船》和《断头台》、雷特海乌的作品《大鲸离去》等,并详细讲述了俄罗斯生态文学的创作特点,如20世纪俄罗斯生态文学的悲剧性、"世纪末"意识等等。结束语总述了俄罗斯生态文学在生态保护、唤醒人们的生态意识和生态良心等方面的积极作用,以及它的理论价值和现实意义。通过描写生态悲剧和人的精神悲剧给人们以警示，并向人们敲响警钟，唤醒人类的生态良心。

闫吉青撰写的《俄罗斯生态文学之特质探蕴》发表于《俄罗斯文艺》2009年第4期。作品主要强调俄罗斯生态文学继承了19世纪俄罗斯批判现实主义文学的文化传统，密切关心国家政治命运、紧密联系人民大众、密切关注社会现象，俄罗斯文学始终在为国家的前途命运、人民大众的幸福自由而奋斗，具有高度的社会使命感、道德感和责任感。俄罗斯文学家们忧国忧民、孜孜不倦地为整个俄罗斯民族乃至全人类寻找摆脱贫穷、摆脱苦难、通向幸福的道路。俄罗斯知识分子一直关注社会重大问题，提出"俄罗斯，你向何处去"、"啥人能在俄罗斯过好日子"、"谁的过错"、时代关注的"怎么办"等疑问，这正反映出了人民大众的呼声，从而引起人们的深思。如作家布宁著的《新路》一文结尾写道"列车在新修成的铁路上向前奔驰，前方等待人们的是什么，谁也不知道"；作家拉斯普京创作的《告别马焦拉》一文末尾写到"小船在茫茫大雾的海上迷失了方向，人们拼命地大声呼叫"；作家阿斯塔菲耶夫创作的《鱼王》一文尾部提出了许多令人矛盾的、困惑的时代问题。许多作家在作品中采用了开放式结尾，他们提出了许多悬而未决的社会问题，但都没有正面回答这些社会问题，而是留给人们更多的空间去探索和深思。可以这么说，俄罗斯生态文学也是"为人生"的文学、"问题文学"。鲁迅先生曾说过，俄罗斯文学的主要特征是关注人生和社会，自从尼古拉二世以来，就是"为人生"的，无论它的主意是在探究还是在解决，或者沦于颓唐、堕入神秘，它的主流还是为人生。俄罗斯作家非常关注国家、社会、民生、自然环境问题，所以在他们的许多作品中都有强烈的忧患感，这些作品写出了作家对宇宙、地球、人类、自然的不安与担心。忧患是指一种忧虑、焦躁、敏感、坎坷不安、忧愁的特征。别尔嘉耶夫曾说过，俄罗斯文学不是在愉快中创作的，而是在关注人民人众的痛苦、关心人类的命运、拯救全人类的深思中诞生的。俄罗斯民族的忧患意识非常强烈，是一个具有极丰富忧患意识的民族。俄罗斯的生态文学家具有更深厚的历史使命感和更严肃的社会责任感。

梁坤在《当代俄语生态哲学与生态文学中的末世论倾向》一文中指出，俄罗斯生态文学中有许多有关大自然的神话，这些神话中带有早期泛神论多神教特征。赫克教授说过，斯拉夫人在原始宗教的信仰中，认为万物都有神灵。作家列昂诺夫著的《俄罗斯森林》文中指出，人们用神话传说形式把原始生活的感知演讲出来。阿斯塔菲耶夫1972—1975年著的《鱼王》中，也用神话艺术描述主人公伊格纳季伊奇一个偷渔者的钓鱼经历，贪婪的偷渔者伊格纳季伊奇施放排钩在叶尼塞河里钓鱼，有一天钓住一条大鱼，他不知这条大鱼是爷爷曾经给他讲过的"鱼王"，"鱼王"是一条硕大无比、带有女性意味的鳇鱼，没及时放掉这个庞大的自由精灵，结果自己也被钓鱼线拽到水里，腿被排钩扎上，动弹不得。两者都陷入绝境，等待死神的来临，差点丧命，最后鱼脱钩逃掉了，他也就避过了一难。伊格纳季伊奇通过这次死亡历险感悟到人与自然是一个统一的整体，也从伦理道德角度反思了人与自然和女性的关系。人类产生于大自然，是自然中的一员，我们与创造人种的规律同在，这是不以人的意志为转移的。生态文学家认为，一个人的道德水准高不高就看他对自然持有什么样的态度，特别迷恋大自然的人，其内心世界是纯洁的、健康的。哲学宗教的世界观在大自然的图景被具体化了。在《告别马焦拉》中，"岛主"和"树王"这两个超现实的形象给了大自然以意象的特征。"岛主"是一个小动物，它很明智，它预知到这个孤岛上将发生很大的灾难，又亲眼见证了马焦拉岛厄运。"树王"是一个有自然魂灵的实体。它这棵老树，可主宰四方水土，马焦拉村被它固定在河底。"他"犹如化身的神灵，人们如果激怒"他"就会受到他的惩罚。相对而说，艾特玛托夫的神话意识比较自觉也比较浓烈。他非常善于用神话来表达人生的悲剧，因此他的小说也就变成了现代神话。他笔下的神话多种多样，形式各异，是因为有俄罗斯和吉尔吉斯斯坦两种文化的沉淀。狼神比尤丽是《断头台》中的形象。"狼神"是母狼阿克巴拉的倾诉对象，它是月亮上的虚灵。阿克巴拉因人类的暴行而连失三窝幼崽，在这世界上孤苦伶仃，所以把比尤丽当做倾诉对象。书中有这样一段话："……你下来吧，狼神比尤丽，下到我这里，让咱俩坐在一起，一起号啕痛哭吧。下来吧，狼的神灵，让我把你带到那片现在已经没有我立足之地的草原。下到这儿来，下到这石头山里，这里也没有我们活动的余地，看来，哪儿也没有狼的地盘了。"这些神话传说他们真的是无价之宝。我们伟大的祖先,总是用惊悸恐怖的眼神注视着四面八方那些不存在的现象，这些现象有的和蔼可亲，有的阴沉狰狞。象征恐惧和虔诚的多神教也由此产生了，作为美和善的参天古树，在我们祖先崇奉的自然力中显现。人们崇敬这些古树，在树下人们经常进行一些审判活动或者赞颂该部落往昔的征战壮举。索洛维约夫的"万物统一"说在理论上总结了对自然的崇拜。他认为，上帝爱的原则是把人与自然界统为一体，认为哲学里的上帝的实质是万物统一。主要针对西方的理性主义和世俗化传统而提出了这一学说,其中确实有泛神论的因素，宇宙中心论引起了泛神论。索洛维约夫把人类中心主义和宇宙中心论的分裂弥合了，同时也弥合了神学与哲学的分裂，"自由的神智学"由科学、哲学与神学有机地结合起来，形成了相对完整的知识体系符号。

杨素梅学者撰写的《20世纪俄罗斯文坛上的生态文学》论文主要强调了人与自然的关系是人类永恒的话题，也是文学创作取之不竭的源泉。文中指出，纵观俄罗斯文学史，俄罗斯文学的传统主题一直是人与大自然的关系问题，花草树木、大小生灵、山川河流等等都是具有独特审美主题的，都紧密相连着人的个性意识。从人道主义的角度出发，19世纪的俄国作家谴责了人类残害生灵、破坏大自然的行为，而18世纪苏联时期的作家，一方面，发展了人与自然这个传统主题的意义，拓宽了人道主义的界域，从哲理的高度思考了人与自然之间的新关系、新内涵、新法则；另一方面继承了前辈如涅克拉索夫的优良传统，呼唤人们爱护大自然、歌颂赞美大自然，同时谴责了人类破坏大自然的行为。

《人与自然和谐的呼唤——俄罗斯生态文学》的作者王淑杰是山东科技大学外国语学院老师，她在牡丹江大学学报上发表的这篇论文歌颂了人与自然的和谐之美，以及对人与自然关系的哲理思考——向人类中心主义提出了挑战及生态悲剧、人性悲剧、道德缺失的思考，发起了人与自然和谐的呼唤，主张要关心、呵护、依存自然，与自然进行融合。通过生存环境的日益恶化，我们意识到地球只有一个，珍惜自然就是珍惜人类自己、珍惜明天。借用一句苏联生态文学家阿斯塔菲耶夫的话：保护地球吧！永远地，随时地保护我们崇高的地球——母亲，保护我们的生命。

吴萍撰写的论文《大自然的呼唤——前苏联生态文学管窥》发表于《国外社会科学》1998年第5期，本文考察了俄罗斯当代作家的一些生态题材作品中对人与自然关系的一系列问题的探讨。其中包括对人与自然内在关系的道德探索及对哲理探索中忧患意识的探索。这些问题的探索揭示了生态文学的宗旨，即要培养具有全球性思维的人，以便可以尽快形成一种能与破坏大自然的势力相抗争的新的处世态度。

东北大学技术与社会研究所万长松、陈凡在2002年第1期燕山大学学报上发表的《苏联（俄罗斯）自然科学哲学的历史与现状》一文主要分析了生态哲学作为自然科学是苏联（俄罗斯）哲学的重要组成部分。本论文以列宁提出的哲学家和自然科学家的思想为切入点，实事求是论证了苏联（俄罗斯）自然科学、生态哲学80余年的发展成果与不足。

　　2011年2月18日《中国绿色时报》发表评论说，俄罗斯侨民文学家尼·巴依科夫在中国已生活了48年，在民族上他是俄罗斯人，但在生活上他却是个中国人。《中国绿色时报》对尼·巴依科夫进行了这样的评价，说他是有史以来最出色的生态文学家。《大王》发表的时间比美国卡森发表的《寂静的春天》早很多年，所以有的专家说生态文学的奠基人是中国的俄侨文学家尼·巴依科夫。《大王》在中国沉寂了50多年，在苏联同样又受到忽视，因为不是苏联"境内文学"。但是金子总会发光，《大王》已经陆续被翻译成汉、法、英、意、德等多种语言，成为世界级作品。这是一部读不完的大自然史诗。在中国东北有张广才岭和老爷岭，这一带风光秀美、山清水秀，堪称东北山林风景之最。而大秃顶子山——张广才岭的主峰，东邻老爷岭，南邻吉林省，是黑龙江省的最高峰，高1690米。它又是整个东北山林风景的最中之最：这里有长4000米、深1000米的龙江天险第一峡，还有千尺瀑布等等。而《大王》就是从描写大秃顶子山开始的，文章把东北山林的景致完美地展示给读者。主人公"大王"在大秃顶子山度过了自己的一生。《大王》的主角是虎"大王"，这个小说总共写了朝鲜虎、满洲虎、貂、胡獾、鼯鼠、马鹿、驼鹿、鲜卑鼬、水獭、红狼35种动物，鸥、山鹰、山雀、旋木雀、蓝雀、乌鸦、灰鸦、鹭等等17种鸟类和橡树、胡桃木、落叶松、椴树、冷杉、白桦、人参等25种植物。可以说《大王》是中国东北大自然的百鸟图、百木图和百兽图。小说里各种美景一应俱全。夏天：清晨，云雾环绕着山峰；黄昏，山峰上一片金黄；夜里，一轮泛红的月亮从山脊后升起，在山林间洒下一片银光。秋天：松树是绿的，稠李树是黑的，杨树是黄的，桦树是白的，枫树是红的——真是五彩斑斓。冬天：山顶上的皑皑白雪与晶莹的蓝天相互辉映……这里风景美不胜收，堪称百景图。可以说，《大王》就是一幅无限延长的大自然画卷，令人手不释卷。在这里能听到各种音乐：从山泉淙淙到山鹰的嘹亮鸣声、从蟋蟀的悄声浅唱到气吞山河的虎啸、从白桦簌簌到松涛滚滚——应当说，《大王》又是一部独特的交响乐。《大王》还是一部伟大的自然史诗。这部史诗极其真切地展现了20世纪初东北大自然和谐的生态环境。所以《大王》还是一部中国东北生态和谐的史诗。毫不夸张地说，在中国、俄罗斯、法国、英国、印度、美国等所有文学大国里，不会再有哪位作家能把自然的生态和谐描写得如此真实——《大王》是举世无双的！

刘敏娟撰写的《论苏联生态文学的历史轨迹和特征》是她南昌大学硕士研究生学位论文，该文论述了1900年初的生态题材作品，却没有得到关注，但为后来的生态文学创作奠定了基础。在生态文学中作家特别重视"人与自然"的关系，认同人与自然的统一性。20世纪早期的生态题材为现在的生态文学提供了丰富的题材。1940—1950年，随着经济的发展、科技的进步，更多的作家召唤人们要和大自然共同去创造，与大自然和谐相处。

许贤绪撰写的《当代苏联生态文学》发表于《中国俄语教学》1987年第1期，文章中阐述了"生态文学"所谈的是一个老问题，但却是当代苏联文学中的一个新名词，即人和自然的关系问题。文中总结了当代生态文学的三大特点和三大成就。三大特点是：悲剧性、政论性和美。三个鲜明特点和三大成就有着联系：第一，写出了保护自然这个主题，而且与传统的道德题材联系起来。这些文章在发表之初却被划为社会道德的题材范畴。因为这些作品的主要情节写的是善恶斗争，这类作品的结局几乎都是悲剧性的，也许是作家们感到了保护自然的紧迫性，但因人们保护自然的意识还不够，所以自然就一再地遭到破坏，结局往往是好人没有好报，作恶多端的人得到的也仅仅是道德的惩罚而已。这些作品的总的特点就是悲剧性。第二，当代生态文学对人与自然关系方面的一些传统观念提出了异议，如"征服自然"等。但是对于传统观念的认知在人们的意识中已经形成了固有的思想，所以生态文学这类的作品就带有了很大的政治性质。第三，当代生态文学更注重表现自然美和心灵美相结合的部分，注重人与自然和谐统一，能做到与以前的生态文学不同且可以超越先前的生态文学作品，主要在于推陈出新，取其精华。普里什文作品的主要思想和原则之一就是人和自然的和谐一致。很显然当代生态文学继承并延续了这一思想和原则，在一方面可以说比之前的生态文学更近一步。在苏联文学界还有两种对于大自然与人类之间关系的较绝对观点。一种观点认为，大自然神圣不可侵犯，在一定程度上科技的进步破坏了大自然的发展，所以为了保护大自然甚至要限制科技的进步。另一种观点则与保护自然形成对立面。如普罗哈诺夫说："今天不仅要谈自然界的悲剧，还应该谈技术的悲剧。"这句话一定程度上反驳了第一种观点。

梁坤在《外国文学评论》2003年第3期上发表的《当代俄语生态哲学与生态文学中的末世论倾向》主要考辨了俄罗斯的生态哲学与生态文学所具有的宗教意识和理性色彩，末日情怀与救世精神的生态末世论意识在俄罗斯作家的积淀。梁的论文通过对俄罗斯生态哲学思想和文学文本的分析，探讨其两个主要特征：神话意象的运用、末世论神话蕴含的现代启示。

海南师范学院中文系韩捷进学者在《海南师范学院学报》2004年第3期撰写的《当代苏联文学的'天人合一'》中，提出"天人合一"生态审美意识。在苏联当代生态文学中具有更深层、更清新的内蕴，呈现出全球性、现代性、民族性之特征。

刘冬梅撰写的论文《乡土——人类永恒的家园》发表于《辽宁广电大学学报》2006年第2期，描述了在俄罗斯文学中的一个同样贯穿始终的主题——对乡土、对土地的眷念。当代俄罗斯作家认为，大自然对人民的生产、生活起到了至关重要的作用，更是孕育生命的主体，对人们审美意识、道德形成起到了非常重要的作用。整篇文章以阿斯塔菲耶夫的《鱼王》、列昂诺夫的《俄罗斯森林》、拉斯普京的《告别马焦拉》这三位典型的乡土作家的作品为例进行生态文学的具体分析，不难看出在当代俄罗斯作家的心中对大自然的爱还有对祖国河山的那份不了情。

　　山东科技大学外国语学院王淑杰在《牡丹江学报》2010年第8期发表了《人与自然和谐的呼唤》一文，作者从俄罗斯典型的生态文学作品着手，解读了俄罗斯生态文学在不同时空的特点，深入考辨了人与大自然关系的哲理内蕴、道德伦理及生态文学的哲理价值。

第三章 人性、理性、神性三维模式与生命的悲歌——俄罗斯当代主要生态文学作品在中国的接纳与渗透

第一节 大自然的朝圣者、哲人与诗人——普里什文

　　20世纪20年代莫斯科文艺出版社曾出版普里什文的6卷集，20世纪80年代又出版了他的8卷集，后来单行本也不断再版。1999年、2000年、2001年"竹林"、"行动"、"蜻蜓"、"奥林巴斯行动"、"卡拉普斯"、"探索者世界"、"儿童文学"等出版社分别出版了他的《大自然的日历》、《林帐》、《孩子与鸭子》、《太阳宝库》、《刺猬的故事》等。俄罗斯作家普里什文被称为世界生态文学先驱，他在《林中水滴》、《人参》等作品中使人与自然相结合，让人体会到自然中的和谐、宁静、舒适。他认为世界万物都是有生命的，相辅相成的。普里什文将自己的文学创作与自然相结合，从自然中获取灵感。普里什文卓尔不群的文学著作，足以使他在俄罗斯文学界及读者心目中占据重要位置。早在20世纪初，普里什文就被高尔基认为具有作为艺术家的独具匠心。高尔基曾在《论米哈伊尔·米哈伊洛维奇·普里什文》这篇文章里感叹道："在您的作品中，对大地的热爱和关于大地的知识结合得十分完美，这一点，我在任何一个俄国作家的作品中都还未曾见过。"在普里什文的作品中，作者把自然与人互相融合、互为一体的关系进行了阐释，人在自然中获得心灵的安宁。后来的生态作家认为，大自然是拥有生命的，它

为人类的生存提供物质, 对人类的成长和文明发展有重要的影响, 阿斯塔菲耶夫是苏联生态文学作家, 对于人与自然的问题, 他说过, 地球是我们的母亲, 保护地球亦是保护我们自己。帕乌斯托夫斯基是普里什文的继承者, 他对普里什文有着非常高的评价。以他的观点看来, 普里什文是一位忠实的作家, 忠于自己内心的想法, 普里什文一生的所有作品, 都是自己的所思所感, 不会因为外界的名利浮华而改变初衷。他的著作是人类的精神财富, 他本身是生活的创造者。普里什文在俄罗斯文学史上并没有占据重要的地位。20世纪70年代以来俄罗斯编著的各种《苏联文学史》对他很少提及。至80年代中后期, 普里什文在文学史中的地位才得到提高。普里什文的作品在中国是极少的, 在中国对普里什文的研究也是几乎没有的。直到20世纪40年代末期开始, 在中国开始陆续出现他的作品。但普里什文的几部重要的著作未出现在中国, 中国读者接触到的只是普里什文作品的一小部分。令人感到欣慰的是我国学者也认识到普里什文在世界生态文学中应该占据一席之地。从19世纪起俄罗斯作家就为世界文学作出巨大的贡献, 俄罗斯文学的一个分支中就有生态文学, 俄罗斯生态文学作品中许多都具有很强大的时空穿透力, 时至今日仍广泛流传。生态文学作品有相似的地方, 就是表现作家对大自然的深刻理解, 揭示人与自然的紧密联系, 表达人对大自然的热爱。普里什文和帕乌斯托夫斯基都是俄罗斯著名的生态文学作家, 他们有着不同的艺术风格, 但他们对俄罗斯民间语言和大自然的热爱是十分相近的。普里什文和帕乌斯托夫斯基都把艺术和大自然的爱完美结合, 把对大自然的探索和丰富的想象互相渗透, 对俄罗斯大地和大自然的虔诚敬仰是这两位作家相似的基础。普里什文被称为哲理性诗人, 他希望人与自然相融合, 从而达到人在自然中感到舒适的状态。

　　由中国社科院外文所研究员刘文飞主编、潘安荣等译、长江文艺出版社2005年出版的中文版《普里什文文集》共五卷，分别是《鸟儿不惊的地方》、《恶老头的锁链》、《大自然的日历》、《人参》、《大地的眼睛》。刘文飞说，普里什文有着语言家犀利的眼光，其所有作品都充满对大自然亲人般的关注和环保思想。对普氏的有代表性的评论文章可分为以下几类：对普里什文的研究综述，有笔者的《普里什文生态文学研究综述》、杨怀玉发表的《一份写给心灵的遗嘱——普里什文研究概论》、刘文飞发表的《普里什文三题》；对普氏作品的解读，有魏鹏发表的《大自然的歌手——普里什文》、王加兴发表的《"人应该是幸福的"——评普里什文的中篇小说〈人参〉》、傅璇发表的《依照心灵的吩咐——读普里什文〈大自然的日历〉》、杨传鑫发表的《自然精神的赞美诗》；阐发普氏作品的生态意识的，有马晓华发表的《自然与人的神性感应——满都麦与普里什文生态文学的比较研究》、李明明发表的《浅析普里什文和谐生态理念》；揭示普氏作品中的生态自然观的，有杨怀玉的博士论文《论普里什文"自然与人"的创作思想》、杨素梅发表的《论普里什文随笔中的自然主题》、杨怀玉发表的《试论普里什文作品中的自然观》和郭利发表的《普里什文自然观的东方色彩》。

第二节 人类忠实的环保朋友——列昂诺夫

列昂诺夫的长篇小说《俄罗斯森林》是他描写人与自然关系中最具代表性的一部，他的主要思想是保护森林。作家在作品中描述了人们为了发展而毁坏自然、乱砍滥伐，最终导致一系列恶果，提倡保护人类的绿色朋友，留给后人美丽的绿色。列昂诺夫是俄罗斯著名的小说家、戏剧家。他的写作生涯近70年，他曾说过，祖国和人民是他创作的中心，他的作品饱含对整个国家和民族的人文关怀，而其作品中富有科学性的生态作品深深吸引了众多观众和评论家的眼球。他首次从社会历史的角度富有哲理性地思考了生态环境问题；森林，可以说是俄罗斯民族的魂灵，在这部作品中列昂诺夫提出了保护森林。《俄罗斯森林》发表于20世纪50年代，正处于苏联文学发展阶段，它的出版引起了苏联文学界的关注，俄罗斯森林可以称为大自然的代表，也可以称为俄罗斯民族的象征，保护俄罗斯森林即保护俄罗斯民族。纵观俄罗斯文学史，从生态角度提出保护森林的作家当数列昂诺夫，作者揭露了人类破坏森林、掠夺资源、破坏生态平衡的严重后果，呼吁为祖国的明天和后代而奋起保卫我们的绿色朋友——俄罗斯森林。小说中，主人公维赫罗夫和格拉齐安斯基的性格形成对比，他们的各种观念都有诸多不同，在亲情上最为突出。维赫罗夫因为对森林有特殊的感情，所以他在林学界学术思想上很有建树，维赫罗夫论述了森林及保护森林的意义，他明确提出了森林是人类共同的财富，人类应该保护它。只有保护森林人类才能永续发展。目前就笔者掌握的资料，国内还没有研究列昂诺夫和他的《俄罗斯森林》的专著。仅大学者王诺先生的《欧美生态文学》、青年学者杨素梅和闻吉青的《俄罗斯生态文学论》及周湘鲁的《俄罗斯生态文学》三部著作对其有所涉猎。具有代表性和说服力的评论性文章是袁建平在1999年《中国社科纵横》杂志上发表的《列昂诺夫和他的〈俄罗斯森林〉》，文章解读了作者选题及写作意图，评价《俄罗斯森林》是具有哲理内涵的杰出生态佳作，小说论及社会、道德、伦理问题，有深刻的哲理性，列昂诺夫善于运用丰富的哲理思想刻画俄罗斯人的魂灵——森林。

黑龙江大学硕士生董冬雪的《生态视角下的〈俄罗斯森林〉研究》分析了长篇小说《俄罗斯森林》，认为小说从保护森林、保护自然的角度对破坏环境的行为进行了有力批判，并从哲理的高度对破坏森林的丑行进行了谴责，谴责了人心的不古及伦理道德的沦丧。论文从生态伦理观和生态意识两个方面对《俄罗斯森林》进行深入的探究,论证了作家具有的预警生态忧患意识及对意识形态、伦理道德问题的关注。还有几篇较有研究价值的评论:《透过〈俄罗斯森林〉重识生态道德》和《〈俄罗斯森林〉时空范围纵横》、《列昂诺夫和他的〈俄罗斯森林〉》等等。《俄罗斯森林》一书在俄罗斯生态文学界中所占据的重要地位是可想而知的。有很多硕博士研究俄罗斯生态文学,却很少有人研究《俄罗斯森林》,因此目前成果颇乏。

第三节 "地球人"艾特马托夫的深层生态观

艾特玛托夫是苏联当代的吉尔吉斯少数民族作家,他的第一部中译单行本是由雷延中翻译的《白轮船》,1973年由上海人民出版社出版。他的主要作品均有中译,译本颇丰,最具代表性的是:《艾特玛托夫小说集》(中),外国文学出版社1986年版;力冈译的《白轮船》,苏联儿童文学出版社1980年版。此外,还有长篇小说《一日长于百年》、《断头台》、《花狗崖》,作品集《艾特玛托夫小说集》(上、中、下)、《艾特玛托夫作品选》等等,主要译者为冯如、许贤绪、曹国维、徐振亚、王蕴忠、严永兴、宋治兰、李桅等。

学术研究型的论文自20世纪80~90年代至21世纪初也很火热。最典型的有:韩捷进在《外国文学研究》上发表的《论艾特玛托夫的地球忧患意识》、徐家荣等在《兰州大学学报(社科版)》上发表的《论艾特玛托夫对人类和自然关系的哲考》、李慧在《韶关学院学报(社科版)》上发表的《论艾特玛托夫作品中神话传说的运用》、杨素梅在《洛大学报》上发表的《艾特玛托夫生态作品中的悲剧性剖析》、严晓慧在《安徽文学》上发表的《艾特玛托夫文化角度批判现代文明生态危机》、王文华在《石家庄师范专科学校学报》上发表的浅谈《艾特玛托夫〈白轮船〉的叙事艺术》、张梅在《西伯利亚研究》上发表的《对人类道德的探索——艾特玛托夫

〈白轮船〉解析》、徐家荣等在《兰州大学学报（社科版）》上发表的
《论艾特玛托夫对人类和自然关系的哲考》、韩捷进在《海南广电
大学学报》上发表的《浅析艾特玛托夫作品中的动物形象》、杜慧
春在《景德镇高等专科学校学报》上发表的《论艾特玛托夫〈白轮
船〉中的生态忧患意识》、李泽在《克山师范专科学校学报》上发
表的《艾特玛托夫〈白轮船〉所演绎的天人和睦观》、李泽在《绥化
师范专科学校学报》上发表的《论人类的解放——解析艾特玛托
夫的〈白轮船〉》。韩捷进的《论艾特玛托夫的地球忧患意识》的发
表使得对艾特玛托夫的研究开始集中在生态文学方面。如杨素梅的
《人性·悲剧·人道——论艾特玛托夫的生态伦理思想》与《艾特
玛托夫生态小说的悲剧性分析》、车成安的《20世纪的警世篇——
评艾特玛托夫的小说〈断头台〉》、张海波的《原罪与救赎拯恶向
善——从人性视角解读艾特玛托夫〈断头台〉》、谢占杰的《对人类
命运的深沉忧患——论〈断头台〉的超越意识》、丁晓春的《文明的
质疑与批判——艾特玛托夫小说的生态伦理价值及其意义》、陈爱
香的《"和而不同"：池田大作与艾特玛托夫的生态伦理观比较》与
《现代性的精神困厄与突围——评艾特玛托夫〈崩塌的山岳〉》等
70余篇论文都从全新的视角解读艾特玛托夫作品中的人与自然的关
系，考辨了艾特玛托夫面对苏联建设现代工业文明、赶超强国的迫
切愿望，他利用神话意象等多种创作手法以先知似的睿智，发现了
现代工业文明中所潜伏的生态危机的文化根源，警示人们发展经济
不能以牺牲自然为代价。作家抨击了现代文明的三大特征，即人类
中心主义、欲望膨胀、批判无止境的消费文化。艾特玛托夫曾说，人
类早就开始思考要保护地球的财富和资源，这话题振聋发聩，警示
全人类。远古时代的人们，就懂得保护、依赖大自然。他敢于大声疾
呼，让人类反思家园荒蛮的社会原因。艾特玛托夫对目无其他生命
的生存权给予了深刻的批判。

　　当今国内各种各样版本的俄罗斯文学史在论证艾氏艺术成就时都予以肯定。例如，叶水夫在《苏联文学史》中提出，《白轮船》是一部极具特色的道德题材的作品，小说借助童话、传统和动物的拟人化来描写善与恶的对立和较量，通过作为"善"的化身的动物和平衡和谐的大自然遭到摧残、破坏，暴露了现实生活中恶势力的猖獗及日益严重的生态危机。曹靖华老先生在《俄苏文学史》中指出《白轮船》是20世纪70年代成功的道德题材文学，还对该小说的艺术形象和艺术手法加以剖析，指出"长角鹿妈妈"的神话传说在小说情节发展中的重要作用。由蒋承勇、项晓敏、李家宝编写的《20世纪欧美文学史》也对小说给予了高度评价，编者认为《白轮船》在思想和艺术方面完整地体现了艾特玛托夫严格的现实主义风格，在由李辉凡、张捷编著的《20世纪俄罗斯文学史》及由李毓榛主编的《20世纪俄罗斯文学史》中，作者指出了《白轮船》等几部作品的重要意义和价值。在汪介之主编的《20世纪欧美文学史》中，编者肯定了艾特玛托夫创作的《白轮船》及此后作家创作的一系列作品，认为它们具有巨大的审美价值和现实意义。许贤绪先生编著的《当代苏联小说史》，在"普里什文传统的发展——当代自然哲理小说"一章中，作者将艾特玛托夫的创作归类为"人与自然"的小说，认为《白轮船》作为一本自然哲理小说的别开生面之处，就是把神话引进小说后又立即与关于现实生活的情节紧密结合起来。神话实际上是小说的中心，没有这个关于长角鹿母亲的神话，《白轮船》就失去了广度和深度。同时作者还坚持艾氏的作品对普里什文传统的继承和补充，《白轮船》把保护自然的题材与人性的善恶斗争结合起来，与传统的道德题材挂起了钩。

　　目前国内只有两部研究艾特玛托夫的著作。其中由韩捷进编著的四川人民出版社2001年2月出版的《艾特玛托夫》一书，从生态角度入手，表述艾特玛托夫对地球生存和人类道德的探索，艾特玛托夫呼吁保护地球和保护生物圈，呼吁人与自然与社会和睦发展。研究艾氏的论文很多，研究的规模、程度都趋于完善。马美龄在文章《论艾特玛托夫小说的象征意象》中应用神话原型批评理念对艾特玛托夫的《白轮船》等作品中的生物形象、水的意象等神话原型意象进行了剖析解读。她认为，从艾特玛托夫的《白轮船》开始，作者在作品中有意地引入神话和传说，这些神话和民间传说在作品中承担着丰富含义。刘海龙在文章《深刻隽永的艺术世界》中，把艾特玛托夫"《白轮船》的童心视角"列为一章，主要探讨艾特玛托夫《白轮船》的叙事视野。张帆的文章《论艾特玛托夫小说的假定性艺术特征》，通过对《白轮船》等几部作品的分析，详细论述了艾特玛托夫小说中运用的假定性形式及其特征。还有些研究者侧重于从比较文学的角度对艾特玛托夫与中国当代作家张承志的创作进行对比阐释。例如，万娟的《从借鉴到疏离——比较文学视野里的张承志与艾特玛托夫》、唐丙的《艾特玛托夫在中国》则从文化研究的角度，应用比较文学的理念，联系政治、经济、社会等多种领域，用五部分梳理和阐述了艾特玛托夫在我国的潮起潮落现象和原因，在该论文的部分篇章里还介绍了中国学者对《白轮船》的研究状况。罗相娟硕士的《民间的行走，精神的长旅——张承志与艾特玛托夫创作比较》和梁光焰硕士的《一种诗情多样燃烧——〈黑骏马〉与〈白轮船〉的诗化比较》两篇硕士学位论文，都分别以《白轮船》和《黑骏马》为例，对两位作家的创作进行了较为细化的分析、比较、研究。李泽在《〈白轮船〉所演绎的天人和谐观》　文中，通过对文本的详细分析，阐述了艾特玛托夫的重要观点——人与自然应当以和谐为美，否则，降临在人身上的将注定是悲剧。杜慧春的《论艾特玛托夫〈白轮船〉的生态忧患意识》一文就通过分析《白轮船》所描述的神话故事、童话故事和现实生活的故事，剖析了作家强烈的地球生态悲剧意识。此外，持有类似观点的文章还有韩捷进的《论艾特玛托夫的地球忧患意识》、徐家荣等的《论艾特玛托夫对人类与大自然关系的哲考》、杨素梅的《人道人性·悲剧——论艾特玛托夫生态伦理观念》、严晓慧的《艾特玛托夫对现代文明生态危机的文化批判》、杜荣的《幻化世界—动物世界—人的世界——艾特玛托夫的象征作品对当代生态观的启示》等，均显示了人们对自然的不尊重，显示了人们的狭隘、自私，如同艾特玛托夫在《断头台》中所讲述的，他们只顾自己生活的舒适，肆意的破坏大自然，利用自己手中的权力，破坏森林。作家对作品的描述，主要是为了让人们能够有危机意识，不要破坏环境，保护生态平衡，保护我们的母亲地球。在《白轮船》中，艾氏把所倡导的人类与大自然和睦相处的理念，用大量的优美动人的景物描述展现出来。例如，作者生动地描写了大自然的美丽景观，他把大自然的美丽、活泼、清新、动人描写得绘声绘色、淋漓尽致，给读者以视觉与精神上的享受，在潜移默化中让读者去热爱生于斯、养于斯的大自然。

2013年内蒙古师范大学梁婧姝的硕士学位论文《艾特玛托夫创作中的生态意识》论证了艾特玛托夫的作品，从人类生存困境的独特视角出发，建造自己保护自然的文学殿堂，对人类毁坏大自然进而引发的各类问题进行一种有力的自我叩问，唤起人们对生存状况的思考，他的作品体现出深刻的生态忧患意识。湖南师范大学吴曲2010年的硕士学位论文《牧神呼唤亚细亚的春天》中以生态学、生态美学、生态文艺学、比较文学等原理为理论依据，对我国著名蒙古族生态作家郭雪波和苏联著名作家艾特玛托夫的小说创作进行生态视野的对比探究。蒙古族作家郭雪波强调生态文化的独立性和多元性，是典型的后现代主义生态思潮；艾特玛托夫继承了普里什文深层生态学世界观，他以"地球人"的姿态面向当今世界，以求解决当今生态危机所带来的社会危机和精神危机。

第四节 瓦西里耶夫"生态人的塑造"
与《不要射击白天鹅》

瓦西里耶夫的作品《不要射击白天鹅》主题是生态保护，主人公把保护生态当做自己的事业，他勤劳、善良，是社会上的弱势人群，却有着一颗金子般的善良、宽容、美好的爱心。为了保护大自然，他处处受冷落却坚持不放弃，直至生命的最后一刻，体现出他独特的人格魅力和伟大的灵魂力量。瓦西里耶夫通过刻画主人公叶戈尔的形象，赞扬了人类本性的真、善、美，表现了作者对人类未来的美好期望。《不要射击白天鹅》中叶戈尔作为主人公一生虽然短暂，却留给我们很多的启迪：第一，人活在世上要有良心。叶戈尔在良心的驱使下始终保持着善良、纯洁、美好的心灵。第二，是宅心仁爱。只有宅心仁爱生活才有希望。宅心仁爱使他摆脱了忧愁、悲伤，因此死的时候没有那么悲痛，就像熟睡那样轻松。第三，努力追求真、善、美，使叶戈尔的生命显得更加绚丽多彩。他在大自然赐予我们的原始森林，欣赏诺娜·尤里耶芙娜优雅的沐浴，使他的美感得以升华；四只白天鹅的飞来，点缀了青山绿水，也赶走了他内心的愁苦。第四，精神是永恒的。死亡对于一切来说是一种破灭，留下的只有精神。叶戈尔的死激起了人们内心深处的反思，激发了人本性的热情、真善和宽容，把人们从物质利益中解救出来，从而寻求生命的价值和意义。第五，美需要全社会来打造。海的波涛造就了浪花，这也说明了叶戈尔倒在黑湖边的缘由。叶戈尔这位环保主义的英雄，他追求的理想主义被现实撞得粉身碎骨，但在被粉碎、破坏的瞬间，叶戈尔的理想主义唤醒了人们的环保意识、人的本性和人生的价值。

瓦西里耶夫的《不要射击白天鹅》的中译本，由李必莹、王守仁等译，1984年湖南人民出版社出版。塑造了一位可歌可泣的生态英雄、大自然之子——叶戈尔。为了保护白天鹅他受尽曲折，被殴打致死，但他是幸福的，身为地球之子，他尽了为人子的责任，生命虽然短暂，但是谢幕无悔。今天我们面临的生态危机相当严重，所以全社会都需要这样的生态英雄——敢于为濒危物种的保护、为制止过度开发、为遏止环境污染、为重新建造生态平衡而献出全部心血的可歌可泣的人们！小说也揭示了保护生态的最大问题是社会上还没有觉醒的人们。绝大多数人直接或间接、有意或不经意地破坏了生态环境，就这些绝大多数人和生态保护人士实际上的对立，叶戈尔认为他们不是为保护环境而奋斗，而是为人类无止境的贪欲、掠夺而奋斗。

北京师范大学外国语学院李春玲撰写的《论瓦西里耶夫小说〈不要射击白天鹅〉的生态意识》发表在2013年《理论观察》的第5期上，本篇论文批判了"人类中心主义"思想对大自然的戕害，剖析了人类为了各自利益而大肆开发、破坏自然从而造成严重的生态后果，文章论证作为大自然中的一分子——人必须和自然中的一切生物平等相处，人类必须敬畏生命并尊重生命，由此，才能保持人类与大自然永续和谐发展，真正营造一个美丽的家园。

闫吉青的论文《茕茕孑立的白天鹅》主要论证了叶戈尔保护白天鹅就是保护人与自然，他是个大英雄，他饱经了世间的冷漠、谩骂，但仍然固守着心中的那一方净土，因为那里有美丽的白天鹅。在时代的洪流中他显得茕茕孑立，他保护白天鹅的美梦被游客贪婪的欲望吞噬，他的理想主义人生价值得以体现，人格魅力得以焕发，人性张力得以极大发挥。

2014年内蒙古师范大学乌日娜的硕士学位论文《从生态批评角度解读瓦西里耶夫〈不要射击白天鹅〉的生态思想内蕴》，以全球性生态危机为焦点，用生态批评的视角对瓦西里耶夫的自然哲理小说《不要射击白天鹅》进行哲理性考辨和解读。透过瓦氏小说可更多、更深刻地了解人与人自然、人与动物及人与人之间的密切关系。在整个地球生态危机的大背景下, 在人与自然、人与人之间关系的疏离中, 瓦西里耶夫对森林中的小动物给予了亲人般关注, 从自身的角度对危害森林资源和生物多样性的可耻行为进行了声讨, 表达了作家本人渴望人与自然和谐共存的美好诉求。

第五节　阿斯塔菲耶夫的"鱼王"——大自然伟力的化身

　　20世纪中后期, 人们开始反思是什么造成的人性的悲剧, 最终认为是道德的缺失。悲剧性已成为当代俄罗斯生态文学的一个显明特征。最具代表性的著作是阿斯塔菲耶夫写的《鱼王》。20世纪70年代俄罗斯文学的一个突出的走向是着重探索时代给人的精神世界造成的变化, 着重发掘生活本身所包含的伦理道德意义。多数作家的著作开始大量思考人性悲剧, 认为丧失人的伦理道德、破坏人与自然和谐关系造成了这种人性悲剧。20世纪70年代悲剧性已成为生态文学的共有特征。好多著作中所描写的生态悲剧都给人们以警告, 引起人们的深刻思考。善良的人备受欺凌, 大自然遭到破坏, 阿斯塔菲耶夫在这片沃土上考虑着人与自然的关系, 他的智慧凝聚在《鱼王》一书中。20世纪70年代, 他已经意识到自然在遭到人们的破坏, 与此同时人类也在受到自然的惩罚, 随着科技的高速发展, 稍有疏忽就能牵动好多人的命运, 人与人、人与社会、人与环境之间的关系都发生了翻天覆地的变化。阿斯塔菲耶夫的《鱼王》充分体现了他的创作能力。他在自己的作品中描写了打猎, 但不是为了体现打猎的乐趣, 而是表现被猎杀的动物的痛苦及它们对人类的憎恨。阿斯塔菲耶夫以文学家的角度来审视人与大自然的关系: 人类如果失去了真善美, 人与自然关系就要失去平衡。因此, 破坏大自然是要遭到大自然的报复的。对阿氏《鱼王》的有关评论性论文中最具权威性的有：《山东商业职业技术学院学报》2006年2月第6卷第1期李雪梅撰写的《〈鱼王〉创作艺术浅论》、《西安外国语学院学报》2005年第13卷第4期孙婷完成的《简析维·阿斯塔菲耶夫〈鱼王〉中的道德拯救观》、王秀丽于《铜陵职业技术学院学报》2006年第4期上发表的《生态批判：对生态意识的呼唤，兼谈〈鱼王〉》、首都师范大学外国语学院于明清写的2004年入国家图书馆博士论文库的《苏联生态文学的守望者——阿斯塔菲耶夫》及发表在《俄罗斯文化评论》上的论文《国在山河破——〈鱼王〉的启示》。《鱼王》的内容为：伊格纳季伊奇作为渔民在叶尼塞河里钓鱼，有一天钓住一条大鳇鱼时被大鳇鱼拽到水里，差点丧命，最后鱼脱钩逃掉了，他也就避过了一难。人们阅读《鱼王》时发现，阿斯塔菲耶夫不断地告诫人们把一般与个别联系起来：要从故事的具体情节中跳出来，去分析文中蕴涵的象征性意义。他在《鱼王》中不断引导我们从生态整体主义来了解人和鱼搏斗的寓意。作家阿斯塔菲耶夫选取的主人公伊格纳季伊奇是个偷渔者，他常用捕鱼人、渔民、"人"来称呼伊格纳季伊奇，这暗示着主人公是以人类为整体的，而他个人不是以偷渔者身份来参加和鱼的斗争，他具有超人的能力和非凡的本领，这些本领使他具有了神秘色彩，大鱼也和普通鱼不一样，是鱼里的"王牌"。伊格纳季伊奇也想起曾经爷爷给他讲过的"鱼王"故事，觉得这条大鱼可能就是那个"鱼王"。他赋予大鱼一双冷漠的蛇眼睛，在基督教里蛇是魔鬼的象征，加上宗教联系使大鱼更具有了神秘色彩。把普通的鱼比喻成鱼王，并且与传说相联系，使它得到了某种魔力。作者也给鱼王赋予了女性特点，是两者的共同特点把他们的命运联系在一起。伊格纳季伊奇对格拉哈的愧疚转移到了全体女性身上，其中包括了具有女性魅力的鱼王。伊格纳季伊奇最终认为侵犯女性是罪孽，侵犯大自然是罪过。这样，作者就把大自然和人的道德体系联系在了一起。他的作品中，他把女性和自然密切地联系在一起，这和生态女性主义基本一致。虐待大自然的一切亦是不道德的。有人说，人们在摧毁大自然的同时，就是在摧残自己的母亲，也就是在摧毁自己的道德。生态女性主义的核心是将大自然和女性联系在了一起，把人与自然之间的关系比喻为母子关系。生态主义者认为，自然和女性间有着关联：自然创造了万物，女性则直接孕育了生命。女性直接参与了对生命的创造，女性对于自然界的生命都抱有仁慈、关怀和温情。阿斯塔菲耶夫所持有的生态观，实际上是一种女性化的生态观；而阿斯塔菲耶夫所持有的女性观，实际上也是一种富有强烈女性味的生态女性观，她们与自然联为一体成为自然的不可分离、互不可缺的一部分。小说的"鲍加尼达村的鱼汤"一章中，讲述了全书主人公阿基姆的儿时生活，讲述他的母亲是自然化的女性，她如此单纯、温情、善良、仁慈，就像孕育我们的大自然。

2007年吉林大学乔雪的硕士学位论文《从生态女性主义解析〈鱼王〉》，以生态女性主义文学批评视角作为叙述主题，使用相应的研究方法，从"性别"与"环境"的视角对《鱼王》进行探究并分析作品中的文学、哲学、自然、女性、文化之间的互蕴互镶，从研究女性生态文学视角出发拓宽了阿氏研究的视野。

2008年内蒙古师范大学姚晓丹的硕士学位论文《人性心灵，灵性自然——试论〈鱼王〉对人与自然和谐关系的呼唤》，从人性、道德的高度来透视人与自然的关系，惩恶扬善。"鱼王"是具有灵性的自然伟力的象征。阿氏创作个性鲜明，他的作品将自然之美表现得淋漓尽致，并赋予自然万物以灵性，目的就是希望人类能摆正自己的位置和人与大自然的关系，要知道自然的博大和伟力。

值得一读的是俄罗斯克拉斯诺亚尔斯克一位女学者В.В. Дегтярёва在2011年发表的专著《Мифологемы водного мира в натурофилосовской прозе России и США》。这本书主要叙述了俄

罗斯与美国自然哲理小说中的神话意象，小说主要对阿斯塔菲耶夫的《鱼王》、美国麦尔维尔的《白鲸》与海明威的《老人与海》中水的意象神话进行比较，全书共分为序言、第一部分"神话视角"、第二部分是"水中神话"、第三部分"关于鱼与鲸的神话"和结语，此专著对研究阿氏、麦氏及海氏生态哲理小说的神话意象提供了有价值的参考资料。

2013年辽宁大学王丹的硕士学位论文《阿斯塔菲耶夫创作中的生态伦理主题》主要论证了阿斯塔菲耶夫生态伦理主题创作的影响因素，对比了同时代其他作家的异曲同工，探讨了阿氏在其自然哲理小说中对生态伦理这一主题的不断探索、升华，他的内心世界承载着为人类未来命运的深刻思考。

2013年新疆大学刘娟的硕士学位论文《生态批评视域下的〈鱼王〉》，运用生态批评的三大方法，即生态伦理观、生态整体观和生态末世观深刻论证《鱼王》的生态意识、生态的人文关怀，启迪了人类精神的发展进程。

第六节 失复乐园——拉斯普京的乡土情结及其大自然中诞生的民族生态意识

拉斯普京的《告别马焦拉》是他生态文学方面的代表作小说，是一部让人思考道德的哲理小说。作品中从整个村庄的命运到村民告别祖祖辈辈生活的自然方式，到处充满忧患意识。从发展的角度来讲，人们离开家园是行得通的，但面临的两个选择是留下还是带走祖先的精华。在作品中，作家描绘了人类危害自然生态的一幅幅悲壮画面和世界生态末世图像：大自然遭到巨大的破坏，善良的人们承受着痛苦。马焦拉岛象征着家园、母亲和祖国，象征着祖祖辈辈相传的生存根基面临灭顶之灾的农村土地。被淹没的不仅仅是生存的大地, 还有他们的财产及回忆, 被淹没的更是历史传统的生命根基, 是对于民族传统历史与有价值的珍贵的精神情感。拉斯普京的作品, 以超越客观意义的自然为写作对象, 他从人与大自然的情感关系着手, 向我们描绘了曾经人与自然融洽的家园画卷。

　　20世纪80年代我国才开始对拉斯普京及作品进行研究, 到了20世纪90年代才开始对他作品中的生态意识进行探研。其中典型的评论有: 裴家勤在1992年第2期《苏联文学》上发表的《苏联的生态文学》, 作者在文章中写道拉斯普京的生态作品以人与土地的关系来体现了人与自然的关系; 张玉娥发表的《拉斯普京的生态伦理观》, 作者在文章中写道拉斯普京把所关注的伦理道德问题和生态环境问题, 用生存环境遭到破坏, 导致人性异化的形式表现出来; 闫吉青发表的《寻觅"家园"——评拉斯普京的创作》, 作者在文章中写道拉斯普京借主人公的嘴说出: "人出自于农村, 只有早晚之分, 明白不明白此事之分。"人类的美德, 起源于农村, 这个"农村"指的是大自然、土地和家园。自然遭到巨大破坏的最根本原因是人类精神的沦落。拉斯普京看到人性在丧失、传统美德在遭摧毁, 向俄罗斯人发出了内心的呼唤, 希望唤醒人们的良知和人的本性。他和别的俄罗斯社会学家一样从宗教(如东正教)传统中去找救赎的力量。

　　金月妹2007年在南京师范大学所作的硕士学位论文《论拉斯普京的生态文学创作》认为, 拉斯普京的作品反映了他对当今社会自然遭到巨大破坏、整个生态系统失去平衡现象感到深深的不安和忧虑, 他对人类未来归宿等问题表现出作家的积极深思与探索。

　　内蒙古师范大学白俊平2009年的硕士学位论文《从〈告别马焦拉〉看拉斯普金的道德批判与彷徨》中着重强调了拉斯普京作为现实主义派作家, 把传统和现代有机联系起来的价值。他的作品中始终贯穿价值探索和人文关怀, 因为他所深思和描述的是人类将来的大事。他向世界、社会、人类不断地呼吁日渐沦落的家园和难以为继的传统。俄罗斯民族是历来尊重自然、重视自然的一个民族。"自然"所包含的多重意义决定了以自然为题材的俄罗斯生态文学的多样性。俄罗斯作家特别关注人和大自然的关系,作者把他和人们的道德联系在一起,使两者融为一体。再加上作者的社会责任心、批判精神、忧患意识及俄罗斯民族的宗教意识等的影响,形成了拉斯普京独特的生态文学创作思想。

陈颖2007在南昌大学所写的硕士论文《从生态批评的角度重新解读拉斯普京》指出:拉斯普京是当代著名的俄罗斯生态文学作家。他通过许多的生态作品呼吁人们要站稳脚跟和立足自己的根基,珍惜人与家园、人与土地、人与历史传统、人与自然之间的辩证联系,保护好人类赖以生存的土地和美好心灵的家园。解决自然生态危机方面,他在保持传统和发展经济上做了许多文章。硕士论文着重论述了拉斯普京人与大自然关系恶化的原因、解决生态危机的途径,并且把自然生态危机上升到社会生态危机和精神生态危机的高度来认识,处理现代文明与自然的辩证关系。信仰的丧失和人性的堕落是人与大自然关系恶化的主要原因。拉斯普京企图通过呼吁和引导人们皈依俄罗斯文化中根深蒂固的东正教,坚守俄罗斯民族固有传统的方式来解决在苏联解体后出现的普遍存在的人性的堕落、信仰的丧失、物质至上等精神危机,来拯救人们的灵魂、安慰受伤的心灵,通过俄罗斯人民的坚持民族传统来寻求民族发展。

2012年上海外国语大学吴建萍的硕士学位论文《拉斯普京作品中的生态思想》主要解读其生态作品,来揭示作品中所蕴含的生态意识及解决生态危机的途径。

2013年首都师范大学梁鸿军的硕士论文《从〈告别马焦拉〉和〈贝加尔湖〉看拉斯普京的生态意识》主要从生态文学创作的角度解读拉斯普京的作品《告别马焦拉》和《贝加尔湖》中所体现的生态意识、审美价值,从拉斯普京的生态整体主义道德伦理观、工业文明批判视角及生态与宗教的关系,解析拉斯普京对自然生态、社会生态、精神生态的关注和思考。

拉斯普京作为具有社会责任心的生态文学作家,从文学的角度倍加关注生态危机已经危机到人类自身的精神生存环境和物质生存环境,人类对自然的过分掠夺,造成了自然生态危机、精神生态危机和社会生态危机的问题。《从生态批评的角度重新解读拉斯普京》一文从拉斯普京作品中所表达的自然生态、精神生态、社会生态入手,分析总结出拉斯普京的"人类要守护好自己家园、在大自然母亲的怀抱中寻找回家之路、坚守俄罗斯民族固有传统、皈依俄罗斯文化中根深蒂固的东正宗教"的自然生态观念。

第七节　特罗耶波尔斯基笔下的义犬
——黑耳朵比姆

特罗耶波尔斯基著的《白比姆黑耳朵》给作家带来极大声誉,小说获1975年苏联文学奖,由小说改编而成的同名电影先后获1977年苏联最佳影片奖、1978年卡罗维发利国际电影节大奖和1980年苏联列宁奖。《白比烟黑耳朵》是一部典型的生态作品,《俄罗斯生态文学论》的下篇"20世纪俄罗斯文坛上的生态文学"指出,《白比姆黑耳朵》无情地剖析了现实生活中自私、欺诈、冷酷、残暴,赞美了善良、友谊和人道,揭示了善与恶的冲突,颂扬了人类的朋友——狗的忠诚、机智、勇敢。小狗比姆的身上是白色、耳朵是黑色的,这个天生的缺陷给它的一生带来了很大的不幸,因而不能获得品族证书。《俄罗斯生态文学论》的下篇剖析了导致比姆悲剧的原因,深层次思考了人与自然的问题,表达了一种全新的生态伦理观和善恶观,所有的生命都值得尊敬,包括人类与非人类,应该善待一切生命,因为人与自然万物都处于一种伙伴的和谐共处的关系。研究此小说的论文在我国较少,主要有:贾放于1987年5月在《俄罗斯文艺》上发表《露珠和比姆的眼睛——特罗耶波尔斯基创作断想》,文中指出苏联文学的天空星光灿烂,特罗耶波尔斯基发表的作品并不多,也算不上群星中的北斗,但他以独特的目光,报道着历史的发展。特罗耶波尔斯基著的《白比姆黑耳朵》,以小狗比姆作为组织故事的中心,以小狗比姆所见所闻、生活经历、喜怒哀乐、人与动物的平等意识及自然和谐的关系,诉说了人间现实生活中美丑善恶,讴歌了人类与自然的和谐关系。本书感人的地方就是小狗比姆的生命历程是从和一个善良的老人伊凡·伊凡内奇相伴开始,在与人的默契交流、对人的生活的积极介入中得到的对人的最初印象是温暖而美好的、值得信任和爱戴的。一位饱经沧桑、孤独的垂暮老人伊凡·伊凡内奇用爱心让小狗比姆体验到了人的善良、友爱,这一段经历是小狗比姆记忆中最阳光的。比姆的眼睛不失真而又生动夸张地折射出人间的形形色色。通过主人公因病住院治疗,我们才真正看到了一条狗的"思维"和行为,忠诚的小狗比姆不明白这是怎么一回事,在一条执著地寻找主人的坎坷路途中,比姆结交了不少好朋友,也遇到了不少像胖女人、灰脸大叔、克利姆、汽车司机等的坏人。它对"坏人"这个概念是陌生的,也无法理解:为什么口口声声自称"苏联妇女"的胖女人总是在造谣诬陷别人,为什么灰脸大叔要抢走它的号码牌还毒打它,为什么克利姆老是那么贪心凶恶,为什么汽车司机为了钱不顾伦理道德,为什么托里克的父亲有文化、有教养还是会欺骗自己的儿子……比姆在和人的接触中,感到人是美好的、善良的、友爱的、温暖的、可依赖的、值得信任和信仰的,但是残酷的现实和生活经历也让它看到了人的另一面——自私、虚伪、欺骗、贪婪、恶毒等人性的沦丧。它的经历和惨死,留给我们的不仅仅是悲伤和痛惜,它已升华为心灵美好、品德高尚、忠诚老实、为人友善的象征。我们要善待动物、善待自然、善待自己，从中找回人性和道德，动物与人的关系事实上正是人与自然关系的一部分。

何瑞的《两部奇妙的作品——〈我是猫〉与〈白比姆黑耳朵〉之比较》在《河北师范大学学报》1987年第4期上发表，作品中指出1905年日本作家夏目漱石发表了长篇小说《我是猫》，正巧这一年作家特罗耶波尔斯基生于苏联，1971年特罗耶波尔斯基写成了中篇小说《白比姆黑耳朵》一书。《我是猫》是以猫说事，《白比姆黑耳朵》是以狗论事，两部小说都是围绕动物为核心，都采用了一种曲折的反映现实的手法，不过两部作品都有其独到之处。

萧康于2003年4月19日在《中国邮政报》第7版发表了报道《狗无'国籍'人有共性——重读〈白比姆黑耳朵〉》。作者认为，特罗耶波尔斯基著的《白比姆黑耳朵》的特点不仅在于他的写法细致、熟练、拟人化，这都属于操作和技巧上的次要问题，它的最主要的、真正的深层含义是作者的人道主义立场。特罗耶波尔斯基通过人与狗的和睦相存及自然和谐的关系体现了这种人道主义的立场。而本书的精彩部分恰恰在战争残留在体内的弹片使老人痛苦不堪，病情严重，被送到莫斯科治疗时，我们才真正看到了一条狗的思维和行为，比姆在人们的眼里还只是一条狗吗？作品的寓意不言而喻，对后人来说这种人道主义的感召力，给我们留下了永久不衰的深思。我们要保护好动物、善待动物，人和非人类和睦相触，处理好人与自然的和谐关系，保护好人和生物赖以生存的地球！

第四章 中国文坛对俄罗斯 生态文学的反思

第一节 生态文明的演变—— 中国对俄罗斯生态文学的回想

　　张佐香在《百花文苑·净土篇》的《秉持那一泓清水的净洁》中引用了普里什文《一年四季》中的这样一句话：人身上包含有自然界所有的因素，如果人愿意的话，他可以同他之外的一切生物产生共鸣。这句话给予了人们许多灵感。

　　清洁是大自然自我调节的方式。雨天，静静地站在屋檐下，听滴滴答答的雨滋润鲜花绿草，一点一滴地将尘世的劳顿与浮躁洗刷干净，心灵便如雨般晶莹澄澈。雪天，看天空里雪花纷纷扬扬，一片片地飘落，边走边听着靴子在雪上踏出的"咯吱咯吱"声。看着白皑皑的一片，什么也不想，就慢慢地散步，人的心境也纯洁明净，一如眼前景致。在俄国的诗歌史上，丘特切夫就是以自然诗著称的一位诗人，同样与自然发生过联系的还有普希金、莱蒙托夫、叶赛宁等诗人的诗歌，丘特切夫的诗首先以自然诗著称，其次，才以爱情诗闻名。

　　诗人丘特切夫在《漂泊者》等自然诗中指出，自然是个生机勃勃的生命体。我们无时无刻不生活在大自然中，从而不断地获得启示、教益与愉悦，以提升自身心灵境界，这也符合目前兴起的精神生态学。总之，丘特切夫的自然诗激情饱满、言辞犀利，有着很强的艺术感染力和说服力, 堪称现代生态文学的先声, 表现出极强的现代性和现代生态意识, 对于我们如何处理好人与大自然的和谐关系具有现实意义, 称得上是比较典型的西方早期生态文学。丘特切夫在《春水》这一自然诗中, 更是以生动形象的言语表现出大自然的生机与活力, 他认为大自然并不是一个死板僵化的点线面, 而是一个活生生的有生命的机体, 有着自己的灵魂、爱情、意志和言语, 他用拟人的手法展现出来了。而在他的自然诗中用激烈的言辞, 尖锐直接地批评了那些把自然视为死板的图形的大众, 他的有些自然诗激情饱满、言辞犀利, 有着很强的艺术感染力和说服力。

生态学家米哈伊尔·米哈伊洛维奇·普里什文(1873—1954年) 开创了20世纪苏联生态文学, 被誉为"大自然的弥撒"、"大自然的器官"、"大自然的代言人"、俄罗斯生态文学的先驱。他是一个怀有强烈生态意识的诗人, 尤其是在他的《大自然的日历》、《别列捷伊之泉》等作品中, 普里什文不但将大自然与人类的复杂情感和现实具体的日常生活紧密结合起来, 而且首次将大地设定为主人公。普里什文不再把大自然仅仅看做是人类生存的外部环境和存在于人类之外的特异的东西, 而认为是具有生命力和贯穿于生活进程当中的事物。在俄罗斯文坛里, 具有倾听"草虫之音、鸟兽之语"的异能学者的身份。著名作家高尔基在《论米·普里什文》一文中, 高度评价普里什文的作品, 把关于自然大地的知识和对自然大地的热爱结合得十分完美, 就这一点, 在其他俄罗斯作家的作品中从来就没看到过。普里什文在长达半个世纪的文学创作中, 始终离不开人和自然, 他不仅把俄罗斯现代散文的领域不断扩宽, 并且奠定了生态散文的基础。

20世纪50年代在描写人与自然关系主题的小说中, 列昂诺夫的哲理小说《俄罗斯森林》是典型的作品。"普里什文的传统"在《俄罗斯森林》这部小说中得到了强有力地体现。森林是人类最好的朋友,是列昂诺夫一直的观点。他的小说把生态问题上升到了哲学的高度。他认为,俄罗斯森林不仅仅是大自然,还是俄罗斯民族的象征,俄罗斯民族的生死存亡问题与森林息息相关。主人公维赫罗夫提出了对森林砍伐实行轮回采伐制,合理地开发祖国森林资源。而在20世纪20年代中期,国家开始建设工程,木材的需求量与日俱增,出现了乱砍滥伐的势头,这个情况使他非常痛心,他觉得森林是上帝对人类的恩赐不能够浪费,每个人都应该像捍卫尊严一样去捍卫自然。20世纪四五十年代,西伯利亚被开发,当布拉茨克和克拉斯诺克尔斯克水电站建设成宏大的规模的时候,阿斯塔菲耶夫就感觉到随着科学技术的进步、工业的蓬勃发展、无序经济的高涨,蕴藏着无限的危机,并在自己的文章中写出了应该保护大自然的心声。《俄罗斯森林》是一本保护大自然、保护生态的宣言书,它拉开了俄罗斯的生态文学序幕。从此之后,有许多的文学家,如艾特玛托夫、拉斯普京、阿斯塔菲耶夫、特罗耶波尔斯基等,也纷纷投身到生态文学的写作。

中国一直是乡土国家,中国人的生态意识似乎一直很薄弱,甚至可以说集体无意识。我们年轻的散文写作者可能没读过普里什文的作品, 所以普里什文"自然与人"的生态文学思想,也就没有影响很多的中国人,尤其是年轻人。由于这种对生态集体无意识的影响,中国文学上反映生态内容的作品并不多,能提的也就是陶渊明还有半本《诗经》,剩下的实在是没什么好说的了。多种原因造成了生态意识在中国文学上的缺失和断代。但在一批年轻的散文作者那里,已经初步形成了一种积极向上和健康现实的生态意识与写作立场,最引人瞩目的有:老湖著的《老家植物志》一文、满都麦的《人与狼》、姜戎的《狼图腾》、李存刚撰写的《医事记》一文、朱朝敏发表的《起于乔木》一文、吴佳骏作品《一个乡村孩子在城市的游走》、张利文写成的《他们的村庄》一文、沈荣均完成的《身体:家族另史》等。他们作品中的"人"和"物"都有鲜明的原生感和现代感,作品中的人物大多数积极投身到当前实践中,并通过自己的努力融入到纷繁的现实生活中。由于多数作家局限于一定的地域性,所以在他们的这些作品中最大限度地反映和观照了地域生活的原生态和现代感。在这些作家中初步确立了精神向度,所以文本意识和生态意识才有机地融合在一起。

在我国,普里什文可能并不曾拥有极大的文学成就。直到20世纪70年代,俄罗斯"自然哲理小说"还是一直处于无名状态。但是在这一时期,俄罗斯却涌现出了许多像艾特玛托夫、拉斯普京、特罗耶波尔斯基、索洛乌欣、巴乌斯道夫斯基、维·阿斯塔菲耶夫等的生态文学作家。阿斯塔菲耶夫著的《鱼王》是俄罗斯生态文学的经典之作。他认为人类如此地破坏自然,必然会受到自然的惩罚。他谴责人类粗暴改造大自然,人与大自然关系扭曲了,人类丧失了人性、理性、良心、正义和道德。长篇小说《鱼王》中的格罗霍塔洛就是一个活生生的例子,他向方圆百里有名的偷鱼老手库克林学习捕鱼,但当格罗霍塔洛学会了捕鱼的技巧和绝招,内心开始变得丧失良心和正义,再也不听从库克林的话了。偷鱼老手库克林在一个深秋夜晚乘着丝丝细雨划着破筏子偷偷捕鱼时,被渔场海上巡逻艇发现,于是慌乱中掉到水里。格罗霍塔洛听到了他师傅库克林在雨夜里的救命声,可他没有伸出救援之手,结果他的恩师库克林葬身鱼腹,这说明格罗霍塔洛已丧尽良心。阿斯塔菲耶夫生态文学作品的核心是对人性道德的讨论,他认为人类丧失了良知所以才破坏大自然、掠夺大自然。人性、理性向人们发出警告:人类粗暴改造大自然、掠夺大自然的后果将是丧尽人性,不知善为何物。阿斯塔菲耶夫在《鱼王》这部长篇小说中,以一个新的高度诠释了人与自然息息相关,他认为人类贪婪掠夺大自然既是自然生态问题,也是精神生态问题。人与大自然的和谐关系出了问题,精神生态也就出了问题。人类疏远大自然、掠夺大自然、毁灭自然，最终导致自然对人的报复。精神生态问题与自然生态问题是相互影响、同命相怜的。这类生态文学作品都属于"自然哲理小说"。1973年挪威哲学家阿伦·奈斯发表了一篇文章，认为浅层生态运动都是以人类中心主义为主体，以维护人类经济发展为目的，进行方法的改良和环境的保护。

而美国作家蕾切尔·卡逊著的《寂静的春天》拉开了深层次生态运动的序幕。深层生态运动寻找生态危机的深层原因及思想根源，希望出现全新的生态哲学世界观和生态中心主义。文学领域受到这种新的生态哲学世界观的影响，掀起了绿色生态思潮，从而挣脱传统的历史。深层次生态运动仔细地描述了人与自然的关系，反映出人与社会的关系不但要考虑自然环境危机，还要深思精神生态危机，从审美角度关照和道德角度关怀自然环境、生物和非生物、宇宙中受到危机的生命(包括人、动物、植物、微生物，也包括生机勃勃的、具有活力的天空、大地山川、河流等等)，呼唤人类应该与自然、生物、非生物、宇宙、大地友好、和谐相处，创造出一个自由与美丽的诗意共存的文学。人类在深刻反省自身、深思人和自然和谐关系的深层原因后，产生了自然和精神生态危机的现代生态文学，它是现代人的理性之光，是人类巨大精神痛苦的凝结品，巨大精神价值资源的蕴涵。现代生态文学反映了危机中人与自然的艺术，是蕴涵全新的生态哲学世界观和生态文艺研究思潮的美好创作，现代生态文学结束了纯粹赞美大自然的无名状态，从而向生态文明方向发展是新生态文明路上的赞歌，是没有传统历史遮蔽的现代生态文学。俄罗斯文学道德探索的重大课题之一是人与大自然的关系问题，该课题是人性、人道主义精神深化对文学的渗透。

拉斯普京著的《告别马焦拉》从历史文化传统和伦理道德的角度对生态危机进行了探讨。作品以马焦拉岛即将消失、到处充满了忧患意识拉开故事的序幕。从长远发展规划来看人们离开世代生存的居所——家园是行得通的，但是本着人道主义、环保的原则，应该保留祖辈留下的辛勤耕耘的精华。安德烈、达丽娅、巴维尔三代人在告别祖祖辈辈生活的自然方式方面态度不一样，各代人对生存环境和传统观念的重视程度也不一样。在小说中，我们没有看出马焦拉居民们对搬迁的喜悦心情。在他们的心目中充满了对故土的眷恋和对故乡的不依不舍的忧伤感，对未来前途不知所措，情绪十分不安。自然、生物、非生物，甚至土地、村庄、河流、山川、天空、宇宙本身都是有生命、思想、意识的，它们虽然感触到自己的命运但茫然若失。家养牲畜也急着离开马焦拉岛，它们只看到眼前的灾难，却没有料到要去的地方比它们想象的更为艰难残酷，这让我们感到现实是很严峻的。拉斯普京写作的目的：一是告诫人们注意保护大自然、保护生态环境及存在于生存环境中的人的精神、人性、伦理道德，故他的创作是面向未来的。二是记录下将被时间无情地从大地上和人们记忆中抹去的大自然和祖辈留给我们的场景。有人批评他的作品思想保守，带有反对科技进步和社会进步的倾向。他一再强调："我并不反对科技进步、社会发展和经济建设，我只是提醒人们在社会进步、经济建设的同时要注意人类生存的根基。"当时代发生变更时，究竟是抛弃一切家园，还是保留祖辈留下的辛勤耕耘的精华，在这新旧事物交替时，需要我们进行抉择，我们不能采取极端的手段，而是主张以"新旧结合"的温和方式进行过去和现在间的过渡。对科技革命本身而言无好坏之分，因为它没有生命，也不会自行其是，只有人类给它注入动力操纵它，它才有可能为人类造福或威胁人类。技术本身也无道德不道德，因为构成技术的那些机器设备只是"客体"，而真正的"主体"是人，所以，道德不道德是对人而言的，人才有好坏善恶之分。因此，只有人才会虐待自然、破坏生态、丧失伦理、丧失人性，原生态自然美的感召力对需要道德净化的人来说几乎都是不可抗拒的，想要复活人性、通向理解必须走这条路，只有在人类与大自然和谐共处、相互交流中才能得到更为充实的精神生活和满意的物质生活。这更多的是反映了当代人类社会中人情、人性、人道的匮乏引起的精神失衡。作品《告别马焦拉》中的河流湖泊、山林草原、动物植物在地理学和生物学上没有什么意义了，过去大自然作为生态文学作品中的主角在文学艺术描写中独占鳌头，而现在变成了人类社会中鄙俗邪恶对立面的审美理解，成为悲剧冲突中的一个主角。拉斯普京在《告别马焦拉》中塑造了两个超现实的形象——"树王"和"岛主"。"树王"是西伯利亚人的化身，是灵性的实体，具体体现了自然之魂。他有着刚强不屈、宽宏大量、奉献不已的高尚精神，他把马焦拉岛固定在这块大地上，固定在河底，只要他在，马焦拉岛就在。由于心存敬畏，人们不敢称"它"而称其为"他"——这一棵主宰一方、权威至上的参天古树。树王纹丝不动，外来人是用斧子砍"他"，斧子被弹开，用油锯锯"他"，油锯被卡住，架起熊熊烈火也无济于事。"岛主"是一只略大于猫、与其他任何动物都不像的小动物。"岛主"每次都细致地观察、了解村民们的心理感受和村镇里的自然环境，"岛主"的那双神秘的眼睛就像一张网每天窥视着环境的变化、生活的新变化，将西伯利亚人的真实性格筛选出来。拉斯普京采用了神话意象的文学手法来塑造"树王"和"岛主"的超现实的艺术形象，从外表上看确实单薄了一些，但从审美学和艺术的角度来看，其表现力超强、感召力超广、洞察力超人，具有神性的一面。西伯利亚人的性格和大自然融为一体，人类又是大自然之子，所以人类的感恩之情和道德良心也和大自然交织、融合在了一起，这给人类赋予了崇高的人道主义精神及自然的伦理道德观点。我们不仅要考虑到人类的自身利益，而且要认清自然界的一切事物都是有机地相互紧密联系在一起的，谁也离不开谁，人类的幸福离不开自然界中有规律性的调控机制，有了这种调控机制，自然界才能保持生态平衡，人类才无忧、无虑、幸福、平安。我们要清晰地认识到人类同自然界是同等重要的，都有各自的尊严，也拥有同样的伦理道德权益这个道理。人是大自然一部分，如果人们轻视或漠然它的话，就会遭到大自然的无情惩罚。拉斯普京笔下描述的自然环境，不是从生态学范围的是与非、利与弊角度探索的。他对于北水南调工程计划和贝加尔湖的淡水日益减少问题的怀疑，也不仅是从生物学和地理学范畴探究的，而是从社会学和人类学的角度探索的，是对自然遭到破坏和环境恶化及对人的存在和人性的威胁的高呼。其实，人类想要存活维持生命，就必须与周围世界打交道，必然与自然环境发生关系。自然资源的一部分是为人类生活提供的，问题的关键是怎样合情合理地利用和开发这部分自然资源。没有人性、没有道德的发展经济、搞科技革命，就有可能为自私、贪欲、凶残和眼前利益所代替。因而人和自然的关系中必须具有韧性、道德、精神、环保意识和持续发展理念。拉斯普京深层生态的蕴涵的精髓就是：人永远是自然之子，大自然是人类的母亲，母亲又孕育儿女。可以说，在这一方面拉斯普京的文学活动和社会活动都产生了很大的作用。

第二节 生态文明的未来——俄罗斯生态文学对中国的启迪

在中国，生态文学是一门新兴的学科，俄罗斯生态文学给中国生态文学许多渗透和启示。当代俄罗斯生态文学家发自内心地感悟自然，他们与自然息息相关，从生态整体观出发，探究自然与人的关系。他们认为每个人都生活在自然中，自然孕育了他们，而他们作为自然之子应该尊重自然、保护自然。但如今，生态问题愈演愈烈，已经危及到整个人类的生活和发展，作为文学家不可能不对社会发展和人类的意识形态从哪里开始走错了路进行反思。怎么能够心安理得地面对日益恶化的生态环境现实？想要缓解和消除全球化的、全人类化的生态危机，需要全人类的共同努力。中国的生态文学家对田园生活的怀旧性感伤及对自然的赞美性描绘，大多是因为作家的文人情操。他们赞美、描绘大自然，为自然痛哭，并不是真正地为自然，而是以人为中心。所以，中国的文学家所写的作品也就停留在感悟自然、描绘自然、思索自然的阶段，并不能称作严格意义上的生态文学。任光宣在《苏联生态文学中的末世论思想和启示》中写的《一个新的拉斯普京出现了》一文，对生态文学的定位问题进行了深刻的阐述，从本质上看生态文学与传统的描写自然的文学是有很大的区别的，体验和描绘自然，以人为重点，只是把人类之外的自然体当做客体，以表现人的内心世界，把人的自然或自然的人对象化，这都不能称得上真正意义上的生态文学。苏联生态文学包括自然意识和生态观念两部分，描写苏联生态文学的作家们能够从生态系统观和生态平衡观的观点出发，体现作家强烈的自然责任感和生态使命感，人与大自然的辩证关系被全面深入地探讨和体现，如人类与自然万物互相依存的关系、自然对人类产生的影响、人类对自然环境的保护、在自然界中的人类的地位、人类恢复生态平衡、人类重建生态平衡、人类保护生态环境、人类重建和重返与大自然的亲情、和谐等。作家以自然生态的立场不是以人为中心来进行创作，告诫着人们，如果不爱护自然将会面临怎样的危机和灾难。然而对破坏了的大自然、失衡了的生态链，要如何重建与恢复，是要面临的又一大难题。

　　苏联生态文学家从生态危机中寻找造成这些生态危机的社会原因和历史文化渊源，揭示出思想文化和社会风俗如何影响生态环境，使得生态文学具有显著的文明特征和文化批判的特点。优秀的生态文学作品必然在社会渊源和思想文化的研究中有突出的成就。苏联生态文学家们不但在他们的作品里表现出强烈的生态使命感和自然责任感,他们在行动上也一样。但我国的生态文学远还没有进入繁荣的时期,我国的文学家也面临着日益严重的生态危机,然而在他们的作品中很少有对生态危机的忧虑、呼吁和真相披露,更谈不上探讨导致生态灾难的深层社会根源。这和当代欧美文学家是十分不同的。早在20世纪80年代,俄罗斯就发生了一场"北水南调工程"的大讨论,主张的人大多为水利专家,而反对的人大多是作家。在苏联第六次作协大会上,文学家们激烈而深入地探讨了"北水南调"工程计划,他们的普遍、激励、强烈、持久的反对最终获得了成功,苏联部长会议和苏共中央于1986年8月20日作出联合决议决定取消"北水南调"工程计划,防止对生态环境产生灾难性影响。当代著名的俄罗斯生态文学家拉斯普京,是世界级的作家,20世纪80年代每日在社会上四处奔走呼吁,只因他无法忍受沿贝加尔湖两岸建造的造纸厂对贝加尔湖水的污染,作家放下手中的笔,一次次上书苏共中央和苏联部长会议,直至找到一位当时负责国事的领导人,陈述贝加尔湖被污染的缘由,强烈要求关闭沿岸造纸厂。作为一个国家的生态文学家怀着强烈的自然责任感和保护生态的使命感参与环保行动,这在欧美生态文学史上是十分罕见的。尤其令人感动和发人深省的是,这件事发生在人们的基本生活得不到充分满足、日常生活必需品极度缺乏的年代。这些苏联作家并没有因为当时的民情、国情问题,而丧失和放弃全人类立场和全球性生态意识。中国的生态文学还处在发展阶段,有关生态的作品也不算多,不过也已经引起全世界的关注。俄罗斯生态文学家给中国生态文学工作者树立了良好的榜样:要真正融入大自然,和大自然融为一体,才能悟出人和大自然的亲情、友情、和谐的辩证关系,才有可能写出生态文学的经典之作。要积极接触自然,充分了解自然,充分认识人与自然的和谐、辩证关系,用文学家的敏锐目光、浪漫的象征主义艺术形式去探讨社会生态、精神生态问题。此外,还要拿起文化的武器,批判那些和生态平衡、保护自然格格不入的思想文化观念，构建合理的大自然和人类生态价值观。俄罗斯生态文学的发展会让中国人重视生态文明、生态危机，以俄罗斯文化、文学作为参照可引导我们重新思考生态文明的发生、发展与传承，正是基于这种认知，我们才对俄罗斯生态文学进行比较文学视野下的研究，从而实现中国生态文明的永续发展，我国已提出科学的可持续发展观，这对我国构建和谐社会具有现实意义和政策保障。

参考文献

[1] 陈建华. 20世纪中俄文学关系史[M]. 上海: 学林出版社, 1998.

[2] 汪介之. 回望与沉思[M]. 北京: 北京大学出版社, 2005: 1—8.

[3] 陈建华. 20世纪中俄文学关系[M]. 北京: 高等教育出版社, 2003.

[4] 杨素梅, 闫吉青.俄罗斯生态文学论[M]. 北京: 人民文学出版社, 2006.

[5] 巴甫洛夫·西列万斯基. 俄国封建主义[M]. 吕和声等译. 北京: 商务印书馆, 1998.

[6] 洛斯基. 俄国哲学史[M]. 贾泽林译. 杭州: 浙江人民出版社, 1999.

[7] 雷马克. 比较文学研究资料[M]. 北京: 北京师范大学出版社, 1986.

[8] 叶·伊萨耶夫. 土地——我们的生命之源[J]. 沈灿星译. 苏联文学, 1992, (2).

[9] 谈天. 当代苏联作家谈人与自然的关系[J]. 苏联文学, 1992, (2).

[10] 维·阿斯塔菲耶夫. 鱼王[M]. 夏仲翼等译. 上海: 上海译文出版社, 1982.

[11] 李春林.鲁迅与东欧传统现实主义文学[J]. 山东师大学报, 2000, (2).

[12] 别尔嘉耶夫. 俄罗斯思想[M]. 雷永生, 邱守娟译. 北京: 三联书店, 1995.

[13] 列夫·托尔斯泰. 复活[M]. 草婴译. 上海: 上海译文出版社, 1990.

[14] 吴萍. 大自然的呼唤——前苏联生态文学管窥[J]. 国外社会科学, 1998, (5).

[15] 鲁迅全集(第一卷)[M]. 北京: 北京人民文学出版社, 1981.

［16］朱光潜. 悲剧心理学[M]. 合肥: 安徽教育出版社, 1996.

［17］马小朝. 宇宙的霹雳与基督的十字架[M]. 上海: 学林出版社, 1999.

［18］刘敏娟. 论苏联生态文学的历史轨迹和特征[D]. 南昌: 南昌大学, 2007.

［19］米·普里什文.. 里什文随笔选[M]. 非琴译. 天津: 百花文艺出版社, 2005: 54—85.

［20］瓦西里耶夫. 不要射击白天鹅[M]. 李必莹译. 长沙: 湖南人民出版社, 1984.

［21］艾特玛托夫. 对文学与艺术的思考[M]. 陈学迅译. 乌鲁木齐: 新疆大学出版社, 1987: 156.

［22］梁坤. 当代俄语生态文学中的弥赛亚意识[J]. 外国文学研究, 2004, (4): 82.

［23］张丽军, 乔焕红. 生态文学根源探悉[J]. 长春大学学报, 2004, (5).

［24］爱默生. 心灵的感悟[M]. 北京: 当代世界出版社, 2002.

［25］艾特玛托夫. 断头台[M]. 冯加译. 北京: 外国文学出版社, 1987.

［26］鲍·季·格里戈里扬. 关于人的本质的哲学[M]. 上海: 三联书店, 1984.

［27］别尔嘉耶夫. 别尔嘉耶夫集[M]. 汪剑钊编选. 上海: 上海远东出版社, 1999.

［28］陈敏豪. 生态文化与文明的前景[M]. 武汉: 武汉出版社, 1995.

［29］丛亚平. 俄罗斯的宗教信仰与习俗[J]. 民俗研究, 2003, (1).

［30］狄特富尔等. 人与自然[M]. 北京: 三联书店, 1993.

［31］戴斯·贾丁斯. 环境伦理学——环境哲学导论[M]. 北京: 北京大学出版社, 2002.

［32］方军, 陈听. 论生态文学[J]. 中南民族大学学报, 2003, (23): 2.

[33] 符·维·阿格诺索夫. 20世纪俄罗斯文学史[M]. 北京: 中国人民大学出版社, 2001.

[34] 高彩霞. 文学的生态化走向——关于生态文学的几点思考[J]. 中国环境管理干部学院学报, 2006, (1).

[35] 海德格尔. 人, 诗意地安居[M]. 都元宝译. 上海: 上海远东出版社, 1995.

[36] 霍尔姆斯·罗尔斯顿. 环境伦理学[M]. 北京: 中国社会科学出版社, 2000.

[37] 拉普饮柯. 苏联七八十年代艺术散文中的人与自然[M]. 列宁格勒: 知识出版社, 1989.

[38] 雷切尔·片逊. 寂静的春天[M]. 吉林: 吉林人民出版社, 1997.

[39] 梁坤. 当代俄语生态哲学与生态文学中的末世论倾向[J]. 外国文学评论, 2003, (3).

[40] 列昂诺夫. 俄罗斯森林[M]. 姜长斌译. 哈尔滨: 黑龙江人民出版社, 1984.

[41] 麦茜特. 自然之死[M]. 长春: 吉林人民出版社, 1999.

[42] 裴家勤. 苏联的生态文学[J]. 北京: 苏联文学, 1992, (2).

[43] 普里什文. 大自然的日历[M]. 天津: 百花文艺出版社, 2000.

[44] 宋瑞芝. 俄罗斯精神[M]. 武汉: 长江文艺出版社, 2000.

[45] 王诺. 欧美生态文学[M]. 北京: 北京大学出版社, 2003.

[46] 夏宗宪. 拉斯普京访谈录[J]. 俄罗斯文艺, 2001, (3).

[47] 闫吉青. 寻觅"家园"——评拉斯普京的创作[J]. 国际关系学院学报, 2003, (4).

[48] 雷特海乌. 现代传奇: 雷特海乌小说选[M]. 白嗣宏泽. 上海: 上海译文出版社, 1988.

[49] 于沛. 斯拉夫文明[M]. 北京: 中国社会科学出版社, 2001.

[50] 张百春. 当代东正教神学思想[M]. 上海: 三联书店, 2000.

[51] 张丽军. 生态文学诞生根源探析[J]. 民春大学学报, 2004, (5).

[52] 瓦·拉斯普京. 拉斯普京小说选[M]. 王乃悼译. 北京: 外国文学出版社, 1982.

[53] 瓦·拉斯普京. 告别马焦拉[M]. 董立武译. 北京: 外国文学出版社, 1999.

[54] 瓦·拉斯普京著. 幻象——拉斯普京新作选[M]. 任光宣, 刘文飞译. 北京: 人民文学出版社, 2004.

[55] 瓦·拉斯普京. 活下去, 并且要记住[M]. 吟馨, 慧梅译. 上海: 上海译文出版社, 2004.

[56] 黎皓智. 苏联当代文学史[M]. 上海: 百花洲文艺出版社, 1988.

[57] 曹靖华. 俄苏文学史(三卷本)[M]. 郑州: 河南教育出版社, 1992.

[58] 李毓榛. 20世纪俄罗斯文学史[M]. 北京: 北京大学出版社, 2000.

[59] 李辉凡, 张捷. 20世纪俄罗斯文学史[M]. 青岛: 青岛出版社, 2004.

[60] 叶水夫. 苏联文学史[M]. 北京: 中国社会科学出版社, 1994.

[61] 符·维·阿格诺索夫. 20世纪俄罗斯文学[M]. 凌建侯等译. 北京: 中国人民大学出版社, 2001.

[62] 金亚娜. 西伯利亚文学简述[M]. 北京: 外国文学出版社, 1983.

[63] 刘文飞. 苏联文学反思[M]. 北京: 中国社会科学出版社, 2005.

[64] 吴克礼. 当代俄罗斯社会与文化[M]. 上海: 上海外语教育出版社, 2001.

[65] 索洛维约夫. 俄罗斯思想[M]. 杭州: 浙江人民出版社, 2000.

[66] 林精华. 民族主义的意义与悖论[M]. 北京: 人民出版社, 2002.

[67] 何云波. 回眸苏联文学[M]. 长沙: 湖南人民出版社, 2003.

[68] 吴元迈, 张捷. 论当代苏联作家[M]. 北京: 外语教学与研究出版社, 1981.

[69] 龙娟. 环境文学研究[M]. 长沙: 湖南师范大学出版社, 2005.

[70] 鲁枢元. 生态文艺学[M]. 西安: 陕西人民教育出版社, 2000.

[71] 黎皓智. 20世纪俄罗斯文学思潮[M]. 北京: 北京大学出版社, 2006.

[72] 于明清. 阿斯塔菲耶夫——俄罗斯生态文学的守望者[D]. 北京: 中国社会科学院研究生院, 2004.

[73] 杨广华. 拉斯普京小说的人物形象研究——对俄罗斯民族性格的探讨[D]. 北京: 北京师范大学, 2003.

[74] 胡志红. 西方生态批评研究[D]. 成都: 四川大学, 2005.

[75] 任光宣. 我非常乐观地看待俄国文学的发展进程[J]. 俄罗斯文艺, 1998, (2).

[76] 于培英. 论拉斯普京创作中的宗教意识[J]. 北方论丛, 2006, (2).

[77] 张捷. 传统派的主将拉斯普京[J]. 作品与争鸣, 2000, (7).

[78] 赵杨.《伊万的女儿, 伊万的母亲》简论——兼评拉斯普京90年代以来的创作[J]. 当代外国文学, 2006, (1).

[79] 禾木. 拉斯普京谈创作[J]. 苏联文学, 1983, (2).

[80] 余一中. 苏联作家谈创作[J]. 外国文学动态, 1986, (6).

[81] 吴国璋. 苏联作家谈创作[J]. 外国文学动态, 1986, (7).

[82] 扎雷金. 评拉斯普京的中篇小说[J]. 苏联文艺, 1981, (5).

[83] 徐振亚. 烈火中的迷惘和醒悟: 读拉斯普京的新作<火灾>[J]. 当代苏联文学, 1987, (1).

[84] 郭俊英, 张富. 浅谈拉斯普京妇女形象塑造的特点——兼评作家对俄罗斯文学传统的继承[J]. 西伯利亚研究, 1989, (2).

[85] 金铁峰. 道德规范的艺术大师[J]. 辽宁大学学报, 1998, (3).

[86] 张玉娥, 赵校民. 拉斯普京的生态伦理观[J]. 齐齐哈尔师范学院学报: 哲社版, 1996.

[87] 何云波, 张铁夫. 寻根, 回到人本身——对当代苏联文学 "寻根热" 的思考[J]. 外国文学研究, 1989, (3).

[88] 许贤绪. 当代苏联小说史[M]. 上海: 上海外语教育出版社, 1991.

[89] 徐稚芳. 俄罗斯诗歌史[M]. 北京: 北京大学出版杜, 1989.

[90] 阿格诺索夫. 20世纪俄罗斯文学[M], 凌建侯等译. 北京: 中国人民大学出版社, 2001.

[91] 非琴, 庆云. 苏联现代散文欣赏[M]. 上海: 同济大学出版社, 1986.

[92] 格·列奇什尼科娃. 苏联儿童文学[M]. 张翠英译. 北京: 中国青年出版社, 1956.

[93] 郭利. 普里什文自然观的东方色彩[J]. 俄罗斯文艺, 2003, (6).

[94] 康·帕乌斯托夫斯基. 金蔷薇[M]. 李时, 薛菲译. 桂林: 漓江出版社, 1997.

[95] 米·普里什文. 林中水滴[M]. 潘安荣译. 天津: 百花文艺出版社, 1984.

[96] 米·普里什文. 普里什文文集[C]. 武汉: 长江文艺出版社, 2005.

[97] 佘正荣. 生态智慧论[M]. 北京: 中国社会科学出版社, 1996.

[98] 韦苇. 西方儿童文学史[M]. 武汉: 湖北少年儿童出版社, 1994.

[99] 周忠和. 苏联儿童文学简史[M]. 郑州: 海燕出版社, 1991.

[100] (俄) 米·普里什文. 普里什文文集·鸟儿不惊的地方[M]. 刘文飞主编, 吴嘉佑等译. 武汉: 长江文艺出版社, 2005.

[101] 普里什文. 普里什文文集·大自然的日历[M]. 刘文飞, 潘安荣等译. 武汉: 长江文艺出版社, 2005.

[102] 普里什文. 普里什文文集·人参[M]. 刘文飞, 何茂正译. 武汉: 长江文艺出版社, 2005.

[103] 普里什文. 普里什文文集·大地的眼睛[M]. 刘文飞, 潘安荣, 杨怀玉译. 武汉: 长江文艺出版社, 2005.

[104] 普里什文. 普里什文动物散文选[M]. 茹香雪译. 长沙: 湖南少年儿童出版社, 1988.

[105] 刘文飞. 思想俄国[M]. 济南: 山东友谊出版社, 2006.

[106] 斯洛宁. 苏维埃俄罗斯文学[M]. 浦立民, 刘峰译. 上海: 上海译文出版社, 1983.

[107] 李明滨. 俄罗斯20世纪非主潮文学[M]. 太原: 北岳文艺出版社, 1998.

[108] 彭克巽. 苏联小说史[M]. 北京: 北京十月文艺出版社, 1988.

[109] 韦苇. 世界儿童文学简史[M]. 杭州: 浙江少年儿童出版社, 1986.

[110] 殷涵译. 莱蒙托夫诗文选[M]. 北京: 商务印书馆, 1983.

[111] 王正平. 环境哲学[M]. 上海: 上海人民出版社, 2004.

[112] 周敏显, 金亚娜等. 俄罗斯苏联文学名著选读[M]. 北京: 商务印书馆, 1984.

[113] 柯林武德. 吴国盛译<自然的观念>[M]. 北京: 北京大学出版社, 2006.

[114] 刘文飞. 普里什文三题[J]. 俄罗斯文艺, 2005, (1).

[115] 杨怀玉. 试论普里什文作品中的自然观[J]. 岱宗文学, 2001, (4).

[116] 杨素梅. 论普里什文随笔中的自然主题[J]. 解放军外国语学院学报, 2006, (3).

[117] 王加兴. "人应该是幸福的"——评普里什文的中篇小说〈人参〉[J]. 当代外国文学, 2004, (1).

[118] 郭利. 普里什文及其创作[J]. 语学习, 2004, (1).

[119] 张丽军. 生态文学无名状态的结束——从英国"浪漫派文学"到前苏联"自然哲理小说"[J]. 吉林省教育学院学报, 2007, 23 (5).

[120] 曾思艺. 现代生态文学的先声: 丘特切夫自然诗的生态观念[J]. 外国文学研究, 2007, (2).

[121] 傅璇. 依照心灵的吩咐[J]. 俄罗斯文艺, 1998, (4).

[122] 杨传鑫. 自然精神的赞美诗——读普里什文的<林中雨滴>[J]. 武汉教育学院学报: 哲学社会科学版, 1991, (2).

[123] 严晓慧. 艾特玛托夫对现代文明生态危机的文化批判[J]. 安徽文学, 2007, (10).

[124] 辛泓. 试析〈白轮船〉中小男孩走向毁灭的心路历程[J]. 四川外语学院学报, 1999, (4).

[125] 刘文飞. 俄罗斯文学在中国的接受和传播[J]. 国文学网, 2006, (8).

[126] 李焰平. 对马克思主义文艺思想的产生、形成和发展的历史考察[J]. 甘肃社会科学, 1992, (3).

[127] 刘庆福. 普列汉诺夫的文艺论若在中国之回顾[J]. 学术月刊, 1985, (9).

[128] 刘庆福. 卢那察尔斯文艺论著在中国[J]. 北京师范大学学报, 1987, (3).

[129] 唐弢. 关于鲁迅思想发展的问题[J]. 福建师范大学学报, 1997, (3).

[130] 王瑶. 鲁迅研究的准绳 ——学习毛主席关于鲁迅的光辉论述[J]. 鲁迅研究集刊（第1辑）, 1979.

[131] 李国文. 并非限里的苏联文学[J]. 文学自由谈, 1993, (4).

[132] 戈宝权. 俄国和苏联文学在中国[J]. 翻译通讯, 1984.

[133] 古凡. 黄皮书及其他中苏论争时期的几种外国文学内部刊物[J]. 文学理论与批评[J]. 2001, (6).

[134] 蔡辉. 肖洛夫的叛徒真面目[J]. 文艺报, 1966, (5).

[135] 周立波. 我们珍爱苏联的文学[M]. 上海: 上海文艺出版社, 1985.

[136] 周立波. 现在想到的几点[N]. 生活报, 1949, (6).

[137] 瞿秋白. 俄国文学史及其他[M]. 上海: 复旦大学出版社, 2004.

[138] 陈敬泳. 当代苏联战争文学评论[M]. 南京: 南京大学出版社, 1990.

[139] 王雨海. 追求完善的必由之路——比较鲁迅与托尔斯泰的忏悔意识[J]. 河南大学学报, 2004, 44 (2).